D1662857

AKI SHIMAZAKI

TSUBAME

Roman

Aus dem Französischen
von Bernd Wilczek

Verlag Antje Kunstmann

Ich blicke nach oben.

Der Himmel ist von dicken Wolken verhangen und erstreckt sich ins Unendliche.

Für einen Tag am Ende des Sommers ist es ungewöhnlich schwül. Es ist noch früh am Morgen. Und dennoch spüre ich, dass mein Hemd schon schweißnass ist.

Über mir huscht ein Schwalbenpärchen vorbei. Es fliegt zwischen einem Hausdach und einer Stromleitung hin und her. Bald werden sie in ein warmes Land aufbrechen. Ich würde gern so frei reisen wie sie.

Meine Mutter sagte einmal zu mir: »Wenn man noch einmal geboren werden könnte, würde ich gern als Vogel wiedergeboren.«

Ich gehe den kleinen Weg am Teich entlang, eine Abkürzung, um zu meinem Onkel zu gelangen. Ich soll ihm Maiskolben bringen, die meine Mutter gerade gekocht hat. Die Wärme dringt durch das Zeitungspapier. Mein Onkel arbeitet als Tagelöhner beim Bau eines Abflusskanals am Arakawa-Damm. Er schafft Erdreich und Kiesel mit einer Schubkarre fort. »Der Lohn ist minimal, aber es ist besser als gar nichts.«

Als ich am Teich entlanggehe, entdecke ich Kalmuspflanzen in voller Blüte. Ich bleibe stehen und betrachte sie eine Weile. Ich denke: ›Merkwürdig. Normalerweise blühen diese Pflanzen nur im Mai oder Juni.‹ Es geht kein Wind, die Oberfläche des Wassers ist vollkommen glatt.

Kurz darauf fällt mir ein, was meine Mutter gestern Abend zu mir gesagt hat: »Wir haben schon mehrere Wochen keine Ratten mehr im Haus gehabt.« Für mich war das eine gute Nachricht, denn die Geräusche der Ratten störten uns beim Schlafen. Trotzdem schien meine Mutter beunruhigt.

Ich werfe einen Kieselstein in den Teich. Die Kreise auf der Wasseroberfläche dehnen sich wellenförmig aus. Ich beobachte sie so lange, bis die Wasseroberfläche wieder vollkommen glatt ist. Dann gehe ich schnell weiter.

Als ich bei meinem Onkel ankomme, verlässt er gerade das Haus. Erstaunt darüber, mich so früh am Morgen zu sehen, fragt er:

»Was ist los, Yonhi? Ist deine Mutter krank?«

Ich schüttle lächelnd den Kopf.

»Nein. Mama braucht heute und morgen nicht zu arbeiten. Ihr Chef ist mit seiner Familie aufs Land gefahren.«

Ich halte ihm das Päckchen hin. Neugierig faltet er das Zeitungspapier auseinander. Einen Moment lang betrachte ich seine feinen Finger, die für seine schwere Arbeit vollkommen ungeeignet sind.

»Maiskolben! Danke!«, ruft er.

Er steckt das Päckchen in seinen Beutel und holt ein Geldstück aus der Brusttasche seines alten Hemdes.

»Davon kannst du dir Bonbons kaufen«, sagt er und gibt es mir.

»So viel!«, rufe ich.

Mit diesem Geld würde ich mir endlich die Bonbons kaufen können, die ich schon lange probieren wollte. Zufrieden streicht mein Onkel mir über den Kopf:

»Verzeih mir, Yonhi. Ich muss jetzt gehen. Wenn ich zu spät komme, verliere ich meine Arbeit. Dank deiner Mutter von mir. Ich komme euch bald einmal besuchen. Auf Wiedersehen!«

Er läuft davon.

Auf dem Heimweg kommt mir eine Gruppe Mädchen in meinem Alter entgegen. Sie tragen alle einen Kimono und einem *Hakama*[*] und sind auf dem Weg zur Schule. Ihre schwarzen Haare werden von einem Band zusammengehalten und fallen bis über ihre Schultern.

* Die kursiv gedruckten Wörter sind in einem Glossar am Ende des Buches erklärt.

Sie sehen fröhlich aus und singen ein Lied. Mit einem Mal frage ich mich: ›Hat die Schule schon wieder angefangen?‹ Doch die Mädchen haben keine Schulsachen bei sich. Mit gesenktem Blick gehe ich weiter.

Ich gehe nie zur Schule. Ich lerne zu Hause. Meine Mutter bringt mir die japanischen und koreanischen Schriftzeichen bei. *Hiragana, Katakana* und *Hangûl* beherrsche ich schon ganz gut, und ich kenne ungefähr dreihundert *Hanmun*-Zeichen. Tagsüber besorge ich den Haushalt, ich wasche die Wäsche und mache die Einkäufe.

Ich bleibe stehen und drehe mich um. Die Schülerinnen entfernen sich immer weiter und sind schließlich nicht mehr zu sehen.

Als ich heimkomme, sitzt meine Mutter auf dem Bambusstuhl an der Eingangstür. Mit einer Schere trennt sie sorgfältig die Nähte ihrer schwarzen *Chima* auf. Sie blickt zu mir auf:

»Ah, du bist schon wieder zurück! Hast du ihn noch angetroffen?«

»Ja. Er hat mir gesagt, ich soll dir danke schön sagen, und dass er uns bald besuchen kommt.«

Ich zeige ihr das Geld, das ich von ihm bekommen habe. Meine Mutter lächelt:

»Du hast Glück! Pass gut darauf auf.«

Ich blicke auf die *Chima* auf ihrem Schoß. Die Fädchen liegen auf dem Boden verstreut. Sie hat nur eine *Chima* und eine *Chogori* aus Korea mit hierher gebracht.

»Was tust du, Mama? Die *Chima* ist doch noch gut.«

Meine Mutter erwidert:

»Ich trage sie nicht mehr. Ich möchte dir gern eine Winterhose daraus machen.«

Ich stecke das Geld in meine Tasche und setze mich auf eine Holzkiste, die neben der Eingangstür steht. Es ist so kühl, als gäbe es die drückende Hitze draußen gar nicht. Unser *Nagaya* liegt immer im Schatten eines hohen Gebäudes. Es ist eine pharmazeutische Fabrik. Wir wohnen in dem Raum am Ende des Hauses. Außer uns sind alle anderen Japaner. Es sind Leute vom Land, die nur vorübergehend hier leben. Meine Mutter sagt, wegen ihres starken Akzents sei es schwierig, sie zu verstehen. Wir besuchen die Nachbarn nie. In Wahrheit meiden sie uns.

Heute ist niemand auf der Straße, nicht einmal die streunenden Katzen, die normalerweise in der Nähe des *Nagaya* nach Nahrung suchen.

Gedankenverloren betrachte ich das weiße Gesicht meiner Mutter. Ihre Stirn ist ganz glatt. Die Augen sind mandelförmig, die Backenknochen stehen leicht vor. Ein Mittelscheitel trennt die langen schwarzen

Haare, die im Nacken zusammengebunden sind. Sie hält sich ganz gerade. Einmal sagte mein Onkel zu mir: »Deine Mutter spricht leise und erhebt nie die Stimme. Ihre Bewegungen sind immer noch voller Anmut. Wie schade! Die japanische Kolonisation hat uns ins Elend gestürzt. Aber vergiss nie, dass wir aus einer guten Familie stammen.«

In Korea war meine Mutter Hauswirtschaftslehrerin an einer Mädchenschule. Mein Onkel war Schriftsteller und Journalist.

Ich sehe wieder meiner Mutter zu, die immer noch die Nähte auftrennt. Ihre Hände bewegen sich geschickt. Im Gesicht ist ihre Haut zart, doch ihre Hände sind rau und im Winter rissig. Meine Mutter arbeitet als Putzfrau. Sie hält das Haus einer reichen Familie sauber. Als ich noch zu klein war, um alleine zu Hause bleiben zu können, nahm sie mich mit zur Arbeit. Im Haus ihres Arbeitgebers gab es Kinder. Ich spielte nie mit ihnen. Die Eltern hatten ihnen verboten, mit mir zu sprechen.

Zögernd frage ich meine Mutter:

»Warum seid ihr, Onkel und du, nach Japan gekommen?«

Meine Mutter blickt kurz zu mir herüber, antwortet aber nicht. Ihre Hände bewegen sich unaufhörlich. Ich frage noch einmal:

»Warum?«

Sie schweigt weiter. Wieder frage ich:

»Warum?«

Sie hält inne und hebt den Kopf. Einen Moment lang schweift ihr Blick ab. Dann sagt sie ernst:

»Du bist jetzt zwölf Jahre alt. Du kannst das, was ich dir jetzt erzählen werde, für dich behalten, nicht wahr?«

Ich antworte:

»Ja.«

Sie lächelt.

»Es kommt selten vor, dass du so hartnäckig bist wie heute.«

Sie macht eine kleine Pause und flüstert mir ins Ohr:

»Mein Bruder und ich sind aus unserer Heimat geflohen.«

›Wie? Sie sind geflohen! Was haben sie getan?‹ Ich sehe meine Mutter entsetzt an, die sagt:

»Keine Angst. Wir sind keine Verbrecher.«

Meine Mutter erklärt mir alles. Ich höre ihr aufmerksam zu.

In Korea waren sie und mein Onkel in der Unabhängigkeitsbewegung aktiv. Die Japaner wollten sich Korea so schnell wie möglich als Kolonie einverleiben. Und im Jahr 1909, zwei Jahre vor meiner Geburt, war ein bedeutender japanischer Politiker in Harbin von einem koreanischen Patrioten ermordet worden. Die

Repressionen gegen die Aktivisten im Umkreis meiner Mutter und meines Onkels wurden immer stärker. Im darauf folgenden Jahr haben die Koreaner ihr Land verloren. Mein Onkel erhielt Publikationsverbot. Meine Mutter musste ihre Arbeit an der Schule aufgeben. Meine Großeltern wurden wegen ihrer beiden Kinder häufig von den Japanern vorgeladen. Meine Mutter und mein Onkel mussten die Stadt verlassen, aber sie wussten nicht, wohin sie gehen sollten. Zufällig trafen sie einen ihrer Kameraden, der versuchte, an Bord eines Schiffs zu gelangen, das illegal nach Japan fuhr. Sie beschlossen, mit ihm zusammen aus dem Land zu flüchten, und so sind sie nach Japan gekommen.

»Das war vor dreizehn Jahren«, sagt meine Mutter.

Sie schweigt einen Moment und fügt leise hinzu:

»Wir glauben immer noch an unsere Unabhängigkeit. Vergiss das nicht, auch wenn du hier geboren bist. Mit deinem koreanischen Blut kannst du jedenfalls nie eine Japanerin werden.«

Ich unterbreche sie:

»Man sagt, Japan behandle Korea wie ein Familienmitglied, was auch die Hochzeit von Prinzessin Masako und Prinz Un wieder zeigen würde.«

Meine Mutter blickt streng und schüttelt den Kopf:

»Nein, nein. Das ist eine von Japan erzwungene

politische Heirat. Die koreanische Kaiserfamilie hat noch nie in eine Heirat mit Angehörigen eines ausländischen Herrscherhauses eingewilligt. Noch dazu war der Prinz der letzte Sprössling der Chosŏn-Dynastie. Was für eine Unverfrorenheit! Was für eine Demütigung! Da siehst du, was Japan im Schilde führt.«

›Eine politische Heirat? Eine Heirat mit einer Angehörigen eines ausländischen Herrscherhauses? Was bedeutet das?‹ Ich verstehe überhaupt nichts. Ich schweige. Meine Mutter bemerkt mein Schweigen nicht. Sie spricht weiter:

»Vor dieser Heirat war der Prinz mit einer Koreanerin aus einem bedeutenden Adelsgeschlecht verlobt. Stelle dir einmal vor, was ein Paar empfinden muss, das auf diese Weise getrennt wurde, was vor allem die Frau empfunden haben muss, die mehr als zehn Jahre auf die Hochzeit gewartet hatte.«

Meine Mutter stößt einen Seufzer aus. Lange betrachte ich den grauen Himmel. Ich denke nach. Sie fragt:

»Woran denkst du?«

Ohne den Kopf zu wenden, antworte ich:

»An die Gefühle der japanischen Prinzessin.«

Meine Mutter sagt nichts. Sie schaut zum Himmel auf. Nach langem Schweigen sagt sie:

»Eines Tages werden wir in unser Heimatland zurückkehren.«

Erstaunt wiederhole ich:

»In unser Heimatland?«

»Ja«

»Auch mein Onkel?«

»Ja, er auch.«

Ich betrachte die Umgebung des *Nagaya*, wo ich seit meiner Geburt lebe: das lange Dach, das mehrere Räume überspannt, die zerfallenden Mauern, die Glasfenster, die sich nur schwer öffnen lassen, das Gässchen, in das nie Sonnenlicht dringt.

»Ich kann mir nicht vorstellen, in Korea zu leben. Ich bin noch nie dort gewesen.«

Meine Mutter macht eine Kopfbewegung.

»Das ist ganz normal. Aber ich möchte nicht, dass du hier so lebst wie ich.«

Sie trennt weiter die Nähte auf. Während meine Augen starr auf ihre Hände gerichtet sind, denke ich über eine andere Frage nach, die mich schon die ganze Zeit beschäftigt. Aber ich wage nicht, sie meiner Mutter zu stellen: ›Und mein Vater, wie war er?‹ Ich habe meinen Vater nie gesehen. Meine Mutter behauptet, er sei vor meiner Geburt verschwunden. ›War er wie mein Onkel?‹

Als ich drei oder vier Jahre alt war, ließ mich meine Mutter ab und zu in der Obhut meines Onkels, der damals bei uns wohnte.

Er schrieb an dem kleinen Tisch und rauchte dabei

eine Zigarette. Hierbei klopfte er sich auf die Wangen und stieß kleine Rauchringe aus. Das gefiel mir sehr. Ich versuchte sie mit den Händen zu fangen. Er streckte sich auf dem Fußboden aus und erzählte mir Geschichten, die er sich ausgedacht hatte. Bei schönem Wetter ging er mit mir auf den nahen Hügel. Er trug mich auf dem Rücken. Wir sangen *Arirang*, das Lied unserer Heimat.

›Und mein Vater, wie war er?‹ Stumm wiederhole ich die Frage, während ich meiner Mutter zusehe, deren Hände nicht einen Moment innehalten.

»Mama…«

Sie antwortet, ohne den Kopf zu heben.

»Was denn?«

Ich schweige. Sie wendet den Kopf zu mir und fragt:

»Was ist denn?«

Ich senke kurz den Blick:

»Ich habe Hunger.«

Die Miene meiner Mutter wird weicher. Sie lächelt.

»Wir essen bald. Du könntest vielleicht schon das Gemüse waschen und schneiden.«

Sie streicht mit der Hand über den Stoff, um die Fadenreste abzustreifen. Während ich in die Küche gehe, höre ich, wie meine Mutter hinter mir sagt:

»Nichts ist wertvoller als die Freiheit. Vergiss das nie, Yonhi.«

AM NÄCHSTEN MORGEN weckt mich das Geräusch des Windes und des Regens, der gegen die *Amado* trommelt. Ich spitze die Ohren. Die Türen klappern immer heftiger. Das Tageslicht dringt durch die Spalten. Ich blicke zur Wanduhr. Es ist zehn vor acht. Meine Mutter sitzt schon unter der nackten Glühbirne und näht. Ich stehe auf. Schalen, Stäbchen und ein Teller mit *Kimchi* stehen auf dem Tisch. Ich reibe mir die Augen und sage zu meiner Mutter:

»Was für ein Unwetter! Man könnte meinen, es kommt ein Taifun.«

Sie setzt sich an den Tisch und füllt die Schalen mit Reis und Gemüsesuppe. Sie sagt:

»Ich bin froh, dass ich bei so einem Wetter nicht zur Arbeit gehen muss.«

Ich frage:

»Warum ist dein Chef so plötzlich mit seiner Familie verreist?«

Mit einem merkwürdigen Gesichtsausdruck antwortet meine Mutter:

»Ich habe gehört, wie mein Chef vor der Abreise zu seiner Frau sagte: ›Es ist beängstigend. Ich sehe hier keine Schwalben mehr. Für ihren Flug nach Süden ist es noch zu früh. Wo sind sie?‹ Seine Frau erwiderte:

›Mir hat jemand erzählt, dass es in diesem Jahr auf dem Land ganz viele gibt.‹ Daraufhin hat mein Chef ihr sofort befohlen, alles für die Reise vorzubereiten.«

Für einen Moment verfinstert sich die Miene meiner Mutter. Ich bedauere, dass ich ihr die Frage gestellt habe. Die ungewöhnliche Hitze, der blühende Kalmus, das Verschwinden der Ratten ... Wird bald ein Unheil geschehen? Nein, gestern Morgen habe ich ein Schwalbenpärchen gesehen. Wir essen schweigend.

Nachdem ich das Geschirr abgespült habe, setze ich mich wieder an den Tisch, um zu arbeiten. Ich schreibe einen Aufsatz auf Koreanisch und wiederhole die neuen *Hanmun*-Zeichen, die mir meine Mutter Anfang der Woche gezeigt hat.

Gegen zehn Uhr legt sich der Wind, und es hört auf zu regnen. Ich öffne die *Amado*. Sofort dringt die feuchte Hitze ins Innere. Ich sage zu meiner Mutter:

»Der Himmel ist ganz klar! Wohin hat sich das Gewitter verzogen?«

Sie antwortet:

»Es wird heiß heute Nachmittag. Heute ist der 1. September. In diesem Jahr kommt der Herbst später als sonst.«

Sie geht mit ihrer Näharbeit aus dem Haus und stellt den Bambusstuhl vor die Eingangstür. Sie ruft mich:

»Komm heraus! An der Luft ist es besser.«

Ich antworte:

»Nein. Ich mache lieber erst meine Arbeit fertig. Danach gehe ich auf den Hügel Glockenblumen pflücken. Es gibt dort ganz viele.«

Meine Mutter lächelt. Es sind ihre Lieblingsblumen.

Es ist fast Mittag, als ich nach Hause zurückkomme. Ich stecke den Strauß Glockenblumen in eine Flasche. Meine Mutter kocht und summt dabei. Auf dem Tisch sehe ich die letzten gekochten Maiskolben in dem Bambuskörbchen liegen. Ich bringe Schalen und Stäbchen aus der Küche. In dem Moment, in dem ich sie auf den Tisch stelle, ertönt ein dumpfes Geräusch. »Was ist das?« Mir fährt ein Stich durchs Herz. Zuerst ist ein Grollen zu hören, und im nächsten Augenblick beginnt das Haus zu beben. Ich schwanke. Das Körbchen fällt um, und die Maiskolben purzeln kreuz und quer über den Fußboden. Die nackte Glühbirne, die von der Decke herunterhängt, schaukelt hin und her. Die Wanduhr fällt herunter. Ich will meine Mutter rufen, kann mich aber nur am Stützpfeiler des Hauses festhalten. Meine Mutter ruft aus der Küche:

»Schnell, Yonhi!«

Sie zieht mich am Arm, und mit einem Satz bin ich draußen. Die Erde bebt immer noch. Die Nachbarn laufen in Richtung Hauptstraße. Kinder weinen. Ich wanke, ich stürze, ich krieche. Mein Mutter hält mich ganz fest an der Hand. Hinter uns ist das Geräusch einer Explosion zu hören. Das ist die pharmazeutische Fabrik. Der *Nagaya* liegt schon in Schutt und Asche. ›Unser Haus steht nicht mehr!‹ Die Fabrik beginnt zu brennen. Durch den Schock bin ich nicht in der Lage zu laufen. Große Funken fallen vom Himmel. Meine Mutter schreit:

»Beeil dich! Sonst ersticken wir im Rauch.«

Ihr Gesicht ist ganz bleich.

Meine Mutter und ich folgen der Menschenmenge, die zum Hügel läuft, von dem ich vorhin zurückgekommen bin. Bald erfahren wir, dass der Weg von einem großen Gebäude versperrt wird, das eingestürzt ist. Wir müssen einen Umweg machen.

Die Menschen fliehen Hals über Kopf. Ganz außer Atem flehe ich meine Mutter an: »Mama, bleib einen Moment stehen. Ich kann nicht mehr laufen.« Aber meine Mutter zieht mich weiter. Mir fällt auf, dass an ihrem Gürtel ein Beutel aus weißem Stoff hängt. Ich frage:

»Mama, was ist in dem Beutel?«

Sie flüstert:

»Geld und mein Tagebuch.«

»Wie hast du das gemacht? Wir hatten doch gar nicht die Zeit, irgendetwas mitzunehmen.«

»Ich hatte sie hinten im Küchenregal versteckt. Ich war auf jede Eventualität vorbereitet.«

Nach mehr als einer Stunde Fußweg kommen wir auf dem Gipfel des Hügels an, der schon voller Menschen ist. Die Menschen schreien: »Seht! Dort hinten! Die Stadt versinkt in einem Flammenmeer. Tokio wird untergehen!«

Erschöpft setze ich mich auf einen Stein. Die Erde

beginnt wieder zu beben. Ich klammere mich an meine Mutter, die mich beruhigt: »Es wird nur ein paar Sekunden dauern. Hab keine Angst.«

Ich bin hungrig und durstig. Seit dem Morgen habe ich nichts mehr gegessen. Das Geld, das meine Mutter bei sich hat, nützt uns im Moment überhaupt nichts. Ich sage mir: ›Mama hätte statt dem Beutel Wasser oder Maiskolben mitnehmen sollen.‹

Es ist immer noch sehr warm. Die Kinder schreien: »Wasser!« Meine Mutter setzt sich. Sie lehnt sich an den Stein und bedeutet mir, dass ich meinen Kopf auf ihren Schoß legen soll. Ich gehorche schweigend und schließe die Augen. Ich kann unmöglich einschlafen, weil ein paar Schritte weiter ein zwei- oder dreijähriger Junge in den Armen einer jungen Frau ununterbrochen weint. Sie wiegt ihn hin und her, um ihn zu beruhigen, aber er schreit nur noch lauter.

Es riecht nach Gras. Für mich heißt dieser Ort »Enzianhügel«. Im Herbst blühen die zartvioletten Blumen überall zwischen den Felsen. Ich mag ihre Form, die derjenigen der Glockenblumen ähnelt. Als ich klein war, kam ich mit meinem Onkel hierher. Jetzt gehe ich hier oft allein spazieren. Normalerweise begegne ich niemandem auf dem Gipfel des Hügels. Im Gras liegend, betrachte ich den Himmel und nicke ein.

Ich muss mich wieder aufrichten, weil meine Mutter der jungen Frau helfen will. Sie nimmt das Kind auf den Arm, streichelt zärtlich sein Gesicht und seinen Kopf, während sie in der Nähe der Frau auf und ab geht. Das Kind beruhigt sich und schläft ein. Meine Mutter legt es in die Arme der Frau zurück, die mit vielen Verbeugungen sagt:

»Danke, danke vielmals, gnädige Frau!«

Am Himmel ziehen mächtige Gewitterwolken auf. Es ist eine finstere Szenerie. Ich sage zu mir selbst: ›Der Chef meiner Mutter hat gut daran getan, die Stadt zu verlassen.‹ Ich flüstere meiner Mutter zu:

»Ich hoffe, dass mein Onkel gesund und wohlbehalten ist.«

Meine Mutter haucht mir ins Ohr:

»Mach dir keine Sorgen. Da, wo er arbeitet, ist er sicher. Wir werden uns bald wiedersehen.«

Es wird dunkel. In der Stadt brennt es immer noch. Trotzdem steigen die ersten wieder vom Hügel hinab. Ich frage:

»Mama, wo können wir heute Nacht schlafen?«

Meine Mutter antwortet:

»Es ist besser, wenn wir hier bleiben. Es ist noch zu gefährlich, irgendwo hinzugehen.«

»Aber mein Onkel wird sich Sorgen machen«, sage ich.

»Ich weiß. Morgen können wir zu ihm nach Hause oder zum Arakawa-Damm gehen«, erwidert sie.

Ich bemerke, dass die Frau mit dem Kind zu uns herüberschaut. Als sich unsere Blicke kreuzen, schlägt sie sofort die Augen nieder. Sie würde sicher gern wissen, worüber wir in unserer Sprache reden.

Am nächsten Morgen kommen Soldaten auf den Hügel, die in Kisten verpackten *Onigiri* aus *Genmaï* mitbringen. Jeder bekommt ein Reisbällchen. Ich esse es gierig und bin immer noch hungrig. Ich sehe meine Mutter an, die zu kauen aufhört und mir ihr letztes Stück reicht. Ich nehme es und gebe ihr die Hälfte davon wieder zurück. Meine Mutter wirft mir ein schwaches Lächeln zu.

Plötzlich sind Schreie zu hören. Dann tauchen mehrere Männer vor der Menschenmenge auf. Sie tragen Säbel, eine Bambuslanze, einen Bootshaken. Ich begreife nicht, was da vor sich geht.

Einer der Männer sagt:

»Verhaftet alle Koreaner! Sie sind gefährlich. Sie versuchen die Brunnen zu vergiften.«

In der Menge macht sich Unruhe breit. Ein anderer Mann ruft:

»Die Koreaner legen Brände! Sie begehen Raubüberfälle! Sie vergewaltigen die Frauen!«

»Was?« Ich sehe meine Mutter an. Mit zusammengepressten Lippen bedeutet sie mir, nichts zu sagen. Ihr Gesicht ist sehr angespannt.

Ein dritter Mann sagt:

»Ergreift alle Koreaner, ohne Ausnahme!«

Die anderen Männer stoßen Schreie aus und fuchteln mit den Waffen herum. Die Menschenmenge gerät in Panik. Ich rühre mich nicht. Vor Angst zittere ich am ganzen Körper. Die Frau mit dem kleinen Kind schaut zu meiner Mutter und mir herüber. Die bewaffneten Männer laufen zwischen den Menschen hin und her. Einer bleibt vor meiner Mutter stehen und mustert sie misstrauisch. In dem Moment, als er gerade den Mund öffnen will, ruft die Frau:

»Frau Kanazawa! Ich wusste gar nicht, dass Sie auch hier sind!«

Mit dem kleinen Jungen im Arm tritt sie auf uns zu. Der Mann fragt sie:

»Kennen Sie sie?«

»Natürlich! Wir sind seit vielen Jahren Nachbarn. Unglücklicherweise hat das Feuer unsere Wohnung völlig zerstört. Es ist furchtbar! Ich habe alles verloren. Die Möbel, die Kleider und sogar das Geld. Ich weiß nicht, wie ich jetzt leben soll.«

Ohne den Mann zu beachten, redet sie weiter. Plötzlich beginnt der kleine Junge auf ihrem Arm zu weinen. Der Mann geht mit den anderen weg. Meine Mutter und ich bemerken die rote Druckstelle auf einem Arm des Kindes. Die Frau wiegt es hin und her und sagt nur: »Tut mir Leid, mein Kleiner.«

Meine Mutter verbeugt sich tief vor der Frau. Dann holt sie Geldscheine aus der Tasche und will sie ihr geben. Aber die Frau lehnt sie mit einer Handbewegung ab. Daraufhin gibt meine Mutter das Geld dem kleinen Jungen. Er hört auf zu weinen.

Meine Mutter lächelt. Die Frau sagt mit gedämpfter Stimme zu ihr:

»Seien Sie vorsichtig, gnädige Frau! Geben Sie gut auf sich Acht.«

Ich betrachte das Gesicht meiner Mutter. Über ihre Wangen fließen Tränen. Sie richtet sich auf und sagt zu mir:

»Wir müssen jetzt gehen.«

Wir sind auf der Strasse. Schweigend gehen wir weiter und vermeiden dabei, die Blicke auf uns zu ziehen. Ich wage nicht, sie zu fragen, wohin wir gehen. Ihr Gesicht ist immer noch angespannt. Sie sagt:

»Wer wäre in einer solchen Katastrophe imstande, so etwas zu tun? Die Menschen müssen vor dem Feuer flüchten. Die Koreaner schmieden kein Komplott gegen die Japaner. Das Gegenteil ist der Fall!«

Ich bin müde. Ich bitte sie:

»Mama, lass uns irgendwo eine Pause machen.«

Wir finden ein verlassenes Haus, dessen eine Mauer halb eingestürzt ist. Im Hinterhof lehnt ein Stück Blech an der Mauer. Dahinter verstecken wir uns. Doch es ist zu heiß, und ich möchte wieder heraus. In dem Moment, als ich unter dem Blech hervorkriechen möchte, höre ich Schritte in der Nähe des Hauses. Sofort zieht mich meine Mutter wieder unter das Blech zurück. Ich klammere mich an ihren Hals.

Eine Männerstimme sagt:

»Dort hinten! Fangt sie alle ein!«

Vor Angst bin ich wie versteinert. Meine Mutter hält mich ganz fest an den Schultern. Ihre Hände zittern.

Am Abend erreichen wir das Viertel, in dem mein Onkel lebt. Sein Haus, das nur eine Baracke war, ist dem Erdboden gleich. Ich frage meine Mutter:

»Wo ist er?«

Sie antwortet:

»Sicher sucht er uns jetzt genauso wie wir ihn.«

Wir gehen durch die Trümmer des Viertels. Ich schaue zum dunklen Himmel auf und frage:

»Mama, wo können wir heute Abend bleiben? Ich habe Angst.«

Sie überlegt und sagt:

»Yonhi, ich werde dich, falls sie noch steht, in eine Kirche bringen, die ich gut kenne.«

»In eine Kirche? Warum? Ich will bei dir bleiben, wohin du auch gehst.«

In ernstem Ton sagt sie:

»Höre mir gut zu. Ich will, dass du in Sicherheit bist. Es ist zu gefährlich für dich, mich zu begleiten.«

»Wohin gehst du?«

»Ich versuche die Freunde meines Bruders zu kontaktieren, bevor ich zum Arakawa-Damm gehe.«

Es ist dunkel geworden. Mein Mutter bringt mich zu der Kirche. Abgesehen von dem Kreuz über der Tür unterscheidet sie sich in nichts von einem ganz gewöhnlichen Haus. Das Grundstück ist von einem

Holzzaun umgeben. Die Cosmeen stehen in voller Blüte. Meine Mutter ruft erfreut aus:

»Was für ein Glück! Sie ist dank der Gnade Gottes unversehrt geblieben. Sie wird dich beschützen, da bin ich ganz sicher!«

Sie holt einen Stift und ein Heft aus ihrem Beutel. Ich sage:

»Das ist dein Tagebuch, nicht wahr?«

»Ja.«

Auf eine leere Seite schreibt sie einige Sätze. Dann reißt sie die Seite heraus und faltet sie zweimal zusammen.

»Gib dem Priester zuerst diesen Brief«, sagt sie.

Ich frage:

»Was hast du geschrieben?«

»Ich habe geschrieben, dass ich morgen im Lauf des Tages wieder zurückkomme, um dich abzuholen.«

Sie löst den Beutel von ihrem Gürtel und steckt ihr Tagebuch wieder hinein.

»Der Priester wird den Beutel für mich aufbewahren, bis ich wieder zurück bin«, sagt sie.

Ich frage:

»Auch das Geld?«

»Ja, auch das Geld.«

Sie schweigt einen Augenblick und schaut mir direkt in die Augen. Mit vollkommen bleichem Gesicht sagt sie zu mir:

»Yonhi, du musst hier so tun, als wärst du eine Japanerin. Am besten du schweigst. Verstehst du?«

Ich senke den Kopf. Sie fügt hinzu:

»In dem Brief habe ich geschrieben, dass du Mariko Kanazawa heißt. Deinen wahren Namen, Yonhi Kim, darfst du niemandem verraten.«

Verblüfft blicke ich auf. »Mariko Kanazawa?« Dann erinnere ich mich, dass die Frau mit dem kleinen Jungen auf dem Gipfel des Hügels meine Mutter »Frau Kanazawa« genannt hat.

Meine Mutter sagt:

»Vergiss niemals die Frau, die uns gerettet hat.«

»Ja. Aber warum hast du den Vornamen Mariko ausgewählt?«

Sie lächelt.

»Ich möchte, dass Maria dich beschützt.«

»Mama, ich habe Angst.«

»Habe Geduld. Morgen werde ich wieder zurück sein.«

»Versprochen? Auch wenn du meinen Onkel nicht findest?«

»Ja, versprochen. Und du, sei tapfer!«

Sie drückt mich ganz fest und wiederholt: »Mein Liebes...« Dann sieht sie mir in die Augen und sagt:

»Geh jetzt.«

Ich gehe zum Eingang der Kirche. Ich klopfe an die Tür. Ein Mann mit schwarzem Bart erscheint. »Ein

Ausländer!« Überrascht trete ich zurück und drehe mich zum Zaun um. Meine Mutter ist verschwunden. Im schwachen Licht wiegen sich die Cosmeen sanft hin und her.

»JISHIN! JISHIN!«

Am nächsten Morgen werde ich vom Rufen eines Jungen geweckt. Einen Moment lang meine ich, es ist das Kind in den Armen der jungen Frau auf dem Hügel. Aber er ist es nicht. ›Wo bin ich?‹ Um mich herum schlafen mehrere Kinder, die jünger sind als ich. ›Wer sind sie?‹ Ich zähle acht. Ich erinnere mich, dass ich am Abend zuvor die Suppe aß, die mir der ausländische Priester gebracht hat, und gleich, nachdem ich mich hingelegt habe, eingeschlafen bin. Ich habe aber nicht bemerkt, dass außer mir noch andere Kinder im Zimmer waren. Auf dem Futon sitzend, betrachte ich sie gedankenverloren.

Neben mir wacht ein Mädchen auf. Sie sieht aus wie neun oder zehn Jahre und scheint die Älteste von allen zu sein. Sie reibt sich die Augen und fragt mich:

»Wer bist du?«

Ich antworte nicht. Das Mädchen fragt weiter:

»Wie heißt du?«

Ich schweige. Sie sieht mir direkt ins Gesicht:

»Du bist bestimmt eine Waise, wie wir, nicht wahr?«

»Waise? Ist das hier ein Waisenhaus?«

Sie nimmt den Jungen, der immerzu »*Jishin! Jishin!*« ruft, auf den Arm.

Das Mädchen sagt zu ihm:

»Es ist alles gut. Hab keine Angst. Du bist ja schon drei!«

Als der Junge sich beruhigt, beginnt sie das Bettzeug aufzuräumen. Ich sehe ihr dabei zu. Der Mann mit dem schwarzen Bart betritt das Zimmer. Es ist der ausländische Priester, der mir am Vortag die Suppe gegeben hat.

Mit freundlicher Stimme fragt er mich:

»Mariko, hast du gut geschlafen?«

›Mariko?‹ Ich senke den Blick. Das Mädchen fragt den Priester:

»Sie heißt Mariko? Ist sie stumm?«

Er antwortet ihr:

»Nein, Mariko ist erschöpft, sonst nichts. Sie wartet auf ihre Mutter, die sich auf die Suche nach ihrem Onkel gemacht hat.«

Laut sagt das Mädchen zu mir:

»Du bist also keine Waise?«

Alle sehen mich an.

Nach dem Waschen gehen die Kinder wieder ins Zimmer zurück. Ihre Futons sind zusammengefaltet in einer Ecke aufeinander gestapelt. Der Priester stellt einen langen niedrigen Tisch in die Mitte. Die Kleinen decken den Tisch. Die Großen füllen eine Schale mit

Reis und Suppe. Als alle am Tisch sitzen, spricht der Priester einige Worte des Dankes für das Essen. Dann singen sie ein Lied, das ich nicht kenne. Während des Essens höre ich, wie sich die Schiebetür öffnet. ›Mama!‹ Ich sehe den Priester an. Es sagt zu mir:

»Bleib sitzen, Mariko. Ich sehe nach.«

Ein paar Minuten später kommt er wieder zurück und schüttelt den Kopf. Das Mädchen, das zu mir gesagt hat »Du bist also keine Waise«, fragt ihn:

»Wer ist es?«

Der Priester antwortet:

»Frau Tanaka.«

Sie fragt weiter:

»Was ist mit *Obâchan*? Sie ist heute Morgen nicht wie sonst gekommen.«

»Ihr Haus wurde zerstört. Sie wird hier bei uns wohnen, bis sie etwas gefunden hat, wo sie bleiben kann.«

Die Kinder raunen sich zu:

»*Obâchan* wird hier wohnen! Wir haben sie sehr gern.«

Der Priester lächelt. Ich esse stumm.

Nachdem das Geschirr gespült ist, gehen die Kinder nach draußen. Ich bleibe auf einem Stuhl in der Küche sitzen. Jedes Mal, wenn ich höre, dass die Schiebetür geöffnet wird, laufe ich hinaus, um auf die Stimmen zu horchen. Aber es sind weder meine Mutter noch mein Onkel.

Es wird Abend. Durch das Fenster schaue ich zum Zaun vor der Kirche. Immer wieder flehe ich: »Lieber Gott, bitte rette sie.«

So warte ich eine Woche, zwei Wochen, drei Wochen … Ich esse sehr wenig, rede kein Wort. Das älteste Mädchen sagt zum Priester: »Mariko ist wirklich stumm.« Der kleinste Junge fragt: »Stumm? Was ist das?« Es ist der Junge, der *»Jishin! Jishin!«* schrie. Das Mädchen antwortet: »Sie kann nicht sprechen.« Der Junge sagt: »Das glaube ich nicht. Sie ist bloß traurig. Wenn ich traurig bin, will ich auch nicht reden.« Der Priester sagt zu ihm: »Du hast Recht, mein Kleiner.«

Seit dem Erdbeben sind eineinhalb Monate vergangen. Ich warte immer noch auf die Rückkehr meiner Mutter und meines Onkels. Aber wir haben keine Nachricht von ihnen. Ich habe immer denselben Alptraum und wache mitten in der Nacht auf.

Die Kinder in der Kirche gehen wieder zur Schule. Ich bleibe mit dem dreijährigen Jungen hier. Bis zum Alter von zwölf Jahren ist die Teilnahme am Unterricht Pflicht. Niemand weiß, dass ich noch nie zur Schule gegangen bin.

Frau Tanaka, die die Kinder *Obâchan* nennen, kommt jeden Morgen in die Kirche arbeiten. Sie hat ein Haus im selben Viertel bezogen. Ich schlendere nur im Garten umher. Ich fürchte mich noch davor, hinauszugehen und gesehen zu werden, auch wenn in den Straßen nicht mehr die Rufe zu hören sind: »Ergreift alle Koreaner!«

Hin und wieder bittet mich Frau Tanaka, ihr beim Geschirrspülen oder anderen kleinen Arbeiten zur Hand zu gehen. Wenn ich mit meiner Arbeit fertig bin, sagt sie zu mir: »Ausgezeichnet, Mariko! Wie ist es möglich, dass ein Mädchen in deinem Alter so gut Hausarbeiten erledigen kann.« Sie ist nie ärgerlich. Auf ihren vollen Lippen liegt immer ein Lächeln. Sie hat fast runde Augen.

Der kleine Junge weicht beim Spielen nicht von meiner Seite. Nachmittags macht er seinen Mittagsschlaf. Eines Tages beschließe ich, zum Hügel zurückzugehen. Er folgt mir mit einem Papierflieger in der Hand, den ihm der Priester gegeben hat. Der Weg ist ein wenig zu weit für ihn. Dennoch marschiert er klaglos weiter. Auf dem Gipfel angekommen, ruft der Junge, als er die Stadt zu seinen Füßen sieht, freudig erregt aus: »Wie hoch das ist!« Sofort wirft er den Papierflieger in die Luft und läuft hinterher. Er bittet mich, jeden Nachmittag mit ihm hierher zu kommen.

Die Stadt ist noch nicht wieder aufgebaut. Überall sind noch die Trümmer des Brandes zu sehen. Die pharmazeutische Fabrik und unser *Nagaya* sind verschwunden. Die Ansicht der Stadt hat sich völlig verändert. Was sich nicht verändert hat, ist der Hügel. Ich finde den Stein, auf dem ich saß. Von hier aus betrachtete ich zusammen mit meiner Mutter die brennende Stadt. In unserer Nähe weinte ein kleiner Junge in den Armen einer jungen Frau. An andere Dinge mag ich mich nicht erinnern.

Ich gehe umher und suche Glockenblumen. Es gibt keine mehr. Ich lege mich ins Gras. Ich schließe die Augen. So verharre ich eine ganze Weile und schlafe ein.

Eines Tages auf dem Hügel sagt der kleine Junge, der etwas hinter dem Rücken versteckt hält, zu mir:

»*Onêchan*. Ich habe ein Geschenk für dich.«

Ich bleibe lang ausgestreckt liegen. Er lächelt:

»Mach bitte die Augen zu.«

Ich mache die Augen zu. Er sagt:

»Schau!«

Er hält mir einen Enzian hin. Angezogen vom zarten Violett der kleinen glockenförmigen Blüten richte ich mich wieder auf. Er setzt sich neben mich und sagt:

»Sind sie nicht schön?«

Tränen fließen über meine Wangen. Er fragt:

»Was hast du?«

Ich schluchze und kann nicht aufhören. Er wirft mir die Arme um den Hals:

»Weine nicht!«

Lange umfängt er meinen Kopf mit seinen Armen. Als ich mich beruhige, fällt mir auf, dass ich seit dem Verschwinden meiner Mutter und meines Onkels zum ersten Mal weine. Der Junge streichelt mir über den Kopf.

»Mariko, Mariko. Was für ein schöner Name! Genau wie der von Maria, die uns beschützt. Vater sagt, ihr Herz ist so groß wie der Himmel und so stark wie eine Eiche.«

Ein trockener und kalter Winterwind beginnt zu wehen. Anfang Dezember fällt der erste Schnee. Der Himmel ist mehrere Tage mit Wolken verhangen. Ich gehe weiterhin mit dem kleinen Jungen auf den Hügel. Er hat immer einen von ihm selbst gebastelten Papierflieger dabei. Ich sitze auf der Erde und passe auf ihn auf. Ich rede mit niemandem.

Eines Nachmittags betrachte ich durch das Fenster den Himmel, der von schweren, tief hängenden Wolken bedeckt ist. Neben mir schläft der kleine Junge. Im Garten pumpt der Priester am Brunnen Wasser und wäscht *Daïkons* in einem Holzeimer ab. Er trägt immer noch sein altes schwarzes Gewand. Neulich hat mir das Mädchen, das den Priester gefragt hat, ob ich stumm sei, erzählt, dass er aus einem sehr fernen Land nach Japan gekommen ist. Er hat seine Eltern wegen eines Krieges in Europa verloren. Da war er erst vier Jahre alt. »Also«, sagte sie, »ist er auch schon seit vielen Jahren Waise.«

Frau Tanaka kommt mit Stoffen und einem Nähkasten ins Zimmer. Sie setzt sich nah ans Fenster. Sie breitet ein schwarzes Tuch aus und legt eine alte Hose darauf, die ich einige Wochen nach meiner Ankunft bekommen habe. Sie schneidet den Stoff entlang der

Konturen der Hose. Sie arbeitet mit demselben Geschick wie meine Mutter. Auf dem schwarzen Stoff sehe ich das Bild meiner Mutter und ihrer *Chima*, aus der sie mir eine Winterhose nähte. Frau Tanaka lächelt mir zu:

»Das ist für dich, Mariko. Ich habe das neue Gewand des Priesters aufgetrennt, das er gerade bekommen hat. Er hat mich gebeten, Kleider für dich daraus zu machen.«

Ich würde mich gern bei Frau Tanaka bedanken, kann aber kein Wort herausbringen. Ich senke den Blick. Sie schaut den kleinen Jungen an und sagt:

»Er schläft fest.«

Dann flüstert sie mir zu:

»Die Kinder hier kennen ihre Eltern nicht. Sie wurden von ihren Eltern ausgesetzt. Dieser kleine Junge wurde, eingewickelt in ein Tuch, vor der Kirchentür abgelegt. Er war so schön. Er trug nicht einmal einen Zettel mit einer Nachricht oder einem Namen bei sich. Wir schätzten ihn auf sechs oder sieben Monate. Trotz seines Unglücks ist er dank der Fürsorge des Priesters ein guter Junge geworden.«

Der kleine Junge dreht sich auf dem Futon um. Frau Tanaka hört auf zu sprechen und erhebt sich, um ihn zuzudecken. Sie setzt sich wieder hin und fährt mit ihrer Arbeit fort. Während sie den Priester betrachtet, der *Daïkons* wäscht, sagt sie:

»Jedes Jahr schickt ihm die Kirche aus seinem Heimatland Vorhänge, Decken, eine Priesterrobe und einige Stücke Stoff. Der Priester verwendet alles für die Kinder. Andere christliche Frauen und ich helfen ihm, Hemden, Hosen und Röcke daraus zu machen … Deshalb trägt er immer sein altes schwarzes Gewand.«

Der Schnee fällt in leichten Flocken. Der Priester hat die *Daïkons* fertig abgewaschen und schüttet das Wasser in eine Ecke des Gartens. Dann trägt er ein großes Holzstück zum Zaun und spaltet es mit einer Axt. Jedesmal, wenn er mit der Axt ausholt, wogt sein langes schwarzes Gewand hin und her.

Lächelnd sagt Frau Tanaka:

»Weißt du, Mariko, wir Frauen haben ihm den Spitznamen ›Herr Tsubame‹ gegeben.«

Die Pfirsichblüten im Garten gehen langsam auf. Die Spatzen in den Bäumen zwitschern laut. Die Weiden am Fluss treiben Knospen. Der Wind ist kein Winterwind mehr. Der Frühling hat Einzug gehalten.

Ich gehe jeden Tag spazieren. Nach seinem Mittagsschlaf folgt mir der kleine Junge überallhin. Ich gehe so lange wie möglich. Vollkommen erschöpft schlafe ich am Ende des Tages ein, sobald ich mich ins Bett gelegt habe. So brauche ich nicht an meine Mutter und an meinen Onkel zu denken. Trotzdem ist mein Kopfkissen oft von Tränen durchnässt, wenn ich aufwache.

Eines Tages stellt Frau Tanaka einen Grill vor der Kirchentür auf. Sie füllt ihn mit Holzkohle und entzündet sie. Über den Grill legt sie den Rost. Neugierig sammeln sich die Kinder um Frau Tanaka. Der kleine Junge fragt sie:

»Was tust du da, *Obâchan*?«

Sie erwidert:

»Heute essen wir etwas Gutes!«

Sie holt ein mit großen Muscheln gefülltes Netz. Einer von uns ruft:

»*Hamaguri!*«

Frau Tanaka sagt:

»Stimmt genau! Du kennst den Namen dieser Muscheln. Es ist die Jahreszeit dafür. Man isst sie jedes Jahr zum Mädchenfest.«

Ein Mädchen fragt sie:

»Warum?«

»Bei den *Hamaguri* passen nur zwei Teile genau zusammen, auch wenn sie scheinbar alle gleich aussehen. Man wünscht sich, dass die Mädchen genau den richtigen Mann für den Rest ihres Lebens finden.«

Alle kichern. Frau Tanaka sagt ernst:

»Nachdem ihr sie gegessen habt, könnt ihr es versuchen und die zusammengehörigen Paare suchen. Ihr werdet schnell merken, dass das gar nicht so einfach ist.«

Die Holzkohle glüht gut. Die Muscheln öffnen sich eine nach der anderen. Der Saft tropft auf die Glut. Ein appetitlicher Duft breitet sich aus. Der Priester tritt aus der Kirche.

»Das riecht gut! Was ist das?«

Der kleine Junge antwortet:

»Das ist der Duft des Frühlings!«

Alle lachen.

Die Sonne wird schnell wärmer. Die umliegenden Felder sind mit rosafarbenen Schmetterlingsblüten übersät. Ich liege im Gras und betrachte den Himmel. Ein Schwalbenpärchen fliegt unter weißen Wolken vorbei. Die Vögel sind aus ihrem warmen Winterquartier zurückgekehrt. Sie fliegen mit gleicher Geschwindigkeit hintereinander. Erst fliegen sie sehr hoch, dann sehr niedrig, unmittelbar über dem Boden. Sie fliegen wieder nach oben und lassen sich einen Augenblick auf einem Hausdach nieder. Ich sage zu mir selbst: ›Wenn man noch einmal geboren werden könnte, würde ich gern als Vogel wiedergeboren.‹

ALS ICH EINMAL NACHMITTAGS durchs Fenster schaue, sehe ich den Priester vor der Kirche. Er steht lange regungslos da und sieht zum Dach hinauf. Frau Tanaka geht zu ihm hinaus und fragt ihn:

»Wonach schauen Sie?«

»Nach dem alten Schwalbennest, das das Paar im letzten Jahr gebaut hat. Ich hoffe, das Pärchen kehrt bald zurück.«

Sie ruft aus:

»Ist es schon wieder so weit? Wie schnell die Zeit vergeht!«

Er sagt:

»In der Tat.«

Frau Tanaka schaut ebenfalls zum Dach hinauf. Der Priester sagt:

»Ich vermisse die Schwalben im Winter.«

Sie fragt:

»Gibt es in Ihrem Heimatland viele Schwalben?«

»Nein, aber ich wurde auf einer Insel im Südpazifik geboren, wo es sehr viele gibt.«

Erstaunt wiederholt Frau Tanaka:

»Im Südpazifik? Wie das?«

»Mein Vater war Händler im Import-Export-Geschäft. Deshalb reisten meine Eltern damals in diese Region. Bei ihrer letzten Reise war meine Mutter schwanger und bekam früher als erwartet die ersten Wehen. Mein Vater ließ das Schiff im nächsten Hafen anlegen. Er ging allein auf einer Insel an Land, auf der nur ein Eingeborenenstamm lebte. Er traf sich mit dem Häuptling und erklärte ihm die schwierige Situation. Der Häuptling lud meine Eltern zu sich ins Haus ein, wo mehrere Kinder lebten. Am Tag nach meiner Geburt musste mein Vater uns verlassen. Drei Monate später kehrte er zurück, um uns abzuholen.«

Frau Tanaka sagt zu ihm:

»Also erinnern Sie sich nicht an die Insel und die Schwalben?«

»Nein. Aber meine Mutter erzählte mir immer wieder, wie schön es dort war. Überall blühten Blumen. Auf der Insel gab es Früchte und Fische im Überfluss. Die Menschen behandelten uns sehr zuvorkommend. Meine Mutter glaubte, es wäre das Paradies. Sie ging mit mir am Meer, in den Wäldern und auf den Klippen spazieren. Und jeden Tag sah sie Tausende von Schwalben.«

Frau Tanaka sagt:

»Deshalb beobachten Sie so gern die Schwalben.«

»Ja«, antwortet er. »Jedes Jahr, wenn die Zeit gekommen ist und die Vögel in den Süden aufbrechen, empfinde ich Wehmut, so als wäre ihr Land auch das meine.«

»Mariko!«

Eines Morgens ruft mich der Priester durch das Küchenfenster, während ich gerade das Geschirr abwasche. Er sieht ganz aufgeregt aus und sagt:

»Komm mal her!«

Ich trockne mir rasch die Hände ab und gehe zu ihm nach draußen. Er zeigt mit dem Finger zum Dach. Ich sehe ein Schwalbenpärchen und das alte Nest an dem kleinen Brett, das an der Wand befestigt ist. Der Priester flüstert mir zu:

»Es ist dasselbe Paar wie letztes Jahr. Ich bin mir ganz sicher! Sie setzen ihr Haus wieder instand.«

Das halbe Nest ist noch feucht von der frischen Erde. Mit großem Ernst beobachtet der Priester die Vögel. Plötzlich fliegt das Paar davon.

»*Tsubame*...«, sage ich.

Der Priester dreht den Kopf und sieht mich mit großen, erstaunten Augen an. Er stottert:

»Was ... was hast du gesagt?«

Ich wiederhole:

»*Tsu-ba-me*, habe ich gesagt.«

Freudig erregt ruft er aus:

»Endlich sprichst du! Ich höre dich zum ersten Mal sprechen!«

Er verbirgt das Gesicht in den Händen. Sie zittern. Über seine Wangen fließen Tränen. Er richtet den Blick zum Himmel. Er sagt, ohne den Kopf zu wenden:

»Weißt du, Mariko, die Schwalben reisen als Paar und ziehen ihre Jungen gemeinsam auf. Sie brüten die Eier abwechselnd aus und fangen Insekten, um die Jungvögel zu füttern. Sie reinigen ihr Nest, indem sie den Kot hinauswerfen. Ist das nicht wunderbar?«

Das Pärchen kommt mit trockenen Grashalmen im Schnabel zurück und baut weiter am Nest. Schweigend beobachten wir es bei seiner Arbeit. Nach einer Weile sieht mich der Priester direkt an, nimmt meine Hände und sagt:

»Mariko, sei tapfer. Gott wird dich beschützen.«

Die Schwalben fliegen wieder davon. Wir schauen ihnen so lange nach, bis sie nur noch kleine schwarze Punkte am blauen Himmel sind.

II

Ich öffne die Haustür.

Die Sonne blendet. Unwillkürlich schließe ich die Augen. Ich atme die frische Morgenluft ein. Auf meiner Haut spüre ich die letzte Sommerwärme. Einen kurzen Moment lang streicht ein sanfter Wind über meine Wange. Die Cosmeen in der Gartenecke wiegen sich leicht hin und her. Im Kakipflaumenstrauch singen die Vögel. Zwischen den Blättern schimmern grüne Früchte hervor.

Ich blicke zum blauen Himmel auf. Was für ein herrliches Wetter! Was für eine Ruhe! Der Frieden selbst. Der Tag beginnt wie immer. Ich gehe im Garten umher. Ich jäte Unkraut und warte auf meine Enkelin Tsubaki, um sie in die Schule zu bringen.

Ich lebe mit meinem Sohn, seiner Frau und den drei Enkelkindern zusammen, die sechzehn, fünfzehn und sieben Jahre alt sind. Mein Mann ist vor sieben Monaten gestorben. Wir haben mehr als vierzig Jahre in Nagasaki gelebt. Dann sind wir hierher nach Kamakura gezogen. Mein Sohn Yukio arbeitet als Chemiker in einem Lebensmittelunternehmen im nahen Tokio. Meine Schwiegertochter Shizuko arbeitet halbtags in der Stadtteilbücherei. Ihre Eltern starben bei den Angriffen der B-29-Bomber auf Yokohama. Sie hat keine Geschwister.

Ringring! Ich wende mich in die Richtung um, aus der das Geräusch der Fahrradklingel kommt.

»Guten Morgen, Frau Takahashi!«

Es ist der Sohn von Herrn Nakamura, einem Freund meines verstorbenen Mannes. Ich verbeuge mich:

»Guten Morgen!«

Er lächelt mich an. Er hat es eilig, da er am Bahnhof von Kamakura den Zug erreichen will, mit dem er zur Arbeit fährt. Er ist unser Nachbar. Sein Vater wohnt in einem anderen Viertel. Herr Nakamura kam fast jede Woche zu uns, um *Shôgi* zu spielen. Er verbrachte mehr Zeit mit meinem Mann als mit seinem Sohn. Seit dem Begräbnis meines Mannes sehe ich ihn nicht mehr.

Ringring! Das Geräusch der Klingel entfernt sich. Ich schaue wieder zum Himmel hinauf. Die Vögel im Baum fliegen davon. Ich betrachte das Schwalbennest an der Hausmauer. Es ist jetzt ganz ausgetrocknet. Sie werden bald wieder davonfliegen. Mein Blick bleibt auf dem Nest haften. ›*Tsubame*...‹ Ein Schmerz durchfährt meinen Körper. Ich frage mich selbst: ›Yonhi Kim, wo ist sie? Mariko Kanazawa, wo ist sie? Mariko Takahashi, wer ist sie?‹

Heute ist der 1. September. Dieses Datum werde ich nie vergessen können. Neunundfünfzig Jahre sind seit dem Erdbeben vergangen. Das Verschwinden meiner

Mutter und meines Onkels, die meine einzigen Verwandten waren, hat mein Leben von Grund auf verändert.

Der ausländische Priester ist mit mir aufs Rathaus gegangen, um mir einen *Koseki* ausstellen zu lassen. Der zuständigen Person erklärte er: »Ihre Eltern sind beim Erdbeben ums Leben gekommen. Ich habe versucht, ihre Familie oder jemanden, der sie kennt, ausfindig zu machen. Unglücklicherweise hat sich niemand gemeldet. Und was das Schlimmste ist, sie hat das Gedächtnis verloren. Sie erinnert sich noch nicht einmal an den eigenen Namen. In der Kirche nennen wir sie vorläufig Mariko Kanazawa.« Daraufhin wurde der Name zusammen mit der Adresse der Kirche in den *Koseki* eingetragen, und so wurde ich nach dem Gesetz Japanerin. Meine Mutter hatte ihre koreanische Staatsangehörigkeit behalten, aber ich wusste nicht, ob ich auch die koreanische Staatsangehörigkeit besaß oder nicht. Der Priester hat alles in seiner Macht Stehende getan, damit ich nicht zu einer Staatenlosen erklärt wurde.

Bis zu meinem fünfzehnten Lebensjahr bin ich zusammen mit anderen Waisen in der Kirche geblieben. Als ich eine Anstellung als Botin in einem pharmazeutischen Unternehmen gefunden hatte, beschloss ich, allein zu leben. Der Priester übergab mir das Geld, das ihm meine Mutter anvertraut hatte. Von diesem Geld habe ich mir eine kleine Wohnung gemietet und bin aus der Kirche ausgezogen.

Ich lernte einen Pharmakologen kennen, der in einem Labor des Unternehmens arbeitete. Ein Jahr darauf wurde ich seine Geliebte. Als ich schwanger wurde, erfuhr ich, dass er bereits mit einer Frau aus einer wohlhabenden Familie verheiratet war. Mit der Hilfe einer Hebamme und von Frau Tanaka, die ich in der Kirche kennen gelernt hatte, brachte ich in meiner Wohnung das Kind zur Welt. Ich war gerade einmal achtzehn Jahre. Später erfuhr ich, dass der leibliche Vater von Yukio eine Tochter hatte, die Yukiko hieß. Unsere Liebesbeziehung dauerte bis zu dem Tag, an dem der Priester mir einen Mann vorstellte, der Herr Takahashi hieß. Er war ebenfalls Pharmakologe und ein Kollege von Yukios Vater. Trotz des Widerstands seiner Familie hat er mich geheiratet und meinen Sohn adoptiert. Mein Mann fand eine andere Stelle in einer Filiale des Unternehmens in Nagasaki, und so verließen wir Tokio.

Einen Tag vor unserer Abreise übergab mir der Priester das Tagebuch meiner Mutter, das ich vollkommen vergessen hatte. Zehn Jahre waren seit dem Erdbeben vergangen. Während dieser Zeit hatte ich meine Muttersprache weder gelesen noch gehört oder geschrieben. Ich war nicht mehr in der Lage, Koreanisch zu lesen, erst recht nicht das ihres Tagebuches, das sie in Kursivschrift und unter Verwendung vieler *Hamnun*-Zeichen geschrieben hatte. Ich wagte nicht, jemandem das Tagebuch zu zeigen, um zu erfahren, was drinstand. Ich weiß nicht, wie oft ich seither versucht war, es zu verbrennen. Aber ich habe nicht den Mut dazu aufgebracht.

Ich spreche mit niemandem über meine Herkunft. Genau wie früher mein Mann glaubt mein Sohn, dass meine Mutter und mein Onkel beim großen Erdbeben von 1923 ums Leben gekommen sind. Japans Niederlage und die Unabhängigkeit Koreas haben an der Haltung der Japaner gegenüber den in Japan lebenden Koreanern nichts verändert. Sie werden immer noch diskriminiert. Alle Menschen, in deren Adern koreanisches Blut fließt, haben zwangsläufig unlösbare Probleme. Nie könnte ich meinem Sohn und seiner Familie die Geschichte meiner Herkunft offenbaren. Ich will auf gar keinen Fall unser Leben damit beeinträchtigen.

Die Cosmeen bewegen sich jetzt nicht mehr. Mein Blick bleibt an den Blumen hängen: dunkelrosa, blassrosa, weiß mit einem Hauch Rosa. Auch an dem Tag, als meine Mutter verschwand, blühten die Cosmeen. Ich schließe die Augen. Das Bild meiner Mutter schiebt sich vor das der Blumen.

»Großmutter, warte!«

Tsubaki tritt aus der Haustür.

In ihrer *Randoseru* klappert etwas. Es ist Zeit, zur Schule zu gehen.

»Bist du endlich fertig? Gehen wir!«, sage ich und nehme ihre Hand.

Die Sommerferien sind zu Ende. Heute fängt in Tsubakis Schule das zweite Trimester an. Seit kurzem hat sie eine Freundin, deren Familie während der Ferien in unser Viertel gezogen ist. Sie und ihre neue Freundin, die Yumiko heißt, haben miteinander verabredet, zusammen zur Schule zu gehen. Unglücklicherweise bekam die Freundin gestern plötzlich Bauchschmerzen und musste ins Krankenhaus. Sie muss am Blinddarm operiert werden. Ganz enttäuscht hat mich Tsubaki gebeten, sie so lange zur Schule zu begleiten, wie ihre Freundin krank ist. Es ist gerade einmal eine Viertelstunde Fußweg. Ich war einverstanden.

Tsubaki ist mein jüngstes Enkelkind. Sie wurde in dem Jahr geboren, als mein Mann und ich hierher gezogen sind. Sie hing sehr an ihrem Großvater, mehr als ihre Schwester und ihr Bruder.

Beim Gehen singt Tsubaki ein Lied mit einem Rhythmus, dem ich nicht folgen kann. Ich höre ihr zu, ohne wirklich darauf zu achten. Die modernen Lieder verstehe ich sowieso nicht. Tsubaki erzählt pausenlos von ihrer Klasse und ihrer Lehrerin. Sie sagt:

»Zwei Schülerinnen in meiner Klasse haben einen merkwürdigen Namen. Die eine heißt *Niizuma*, die andere *Wagatsuma*. Wenn wir über die Frau von Herrn

Niizuma reden, sagen wir: ›Sie ist die Niizuma von Herrn Niizuma.‹ Wenn Herr Wagatsuma seine Frau vorstellt, sagt er: ›Das ist Wagatsuma.‹«

Ich lache:

»Das ist komisch.«

Sie fragt:

»Großmutter, weißt du, warum mein Vater mir den Namen Tsubaki gegeben hat?«

»Nein, aber ich weiß, dass dein Vater die Blüten der *Tsubaki* sehr mag.«

»Er hat mir gesagt, er hätte es zur Erinnerung an Uragami in Nagasaki gemacht, wo er lebte, bevor er wegen seiner Arbeit nach Tokio umgezogen ist. In der Nähe des Hauses hätte es einen Bambuswald mit Kamelien gegeben, in dem er sehr viel Zeit mit Lesen und Spaziergängen verbrachte.«

Ich sage:

»Tatsächlich? Das wusste ich nicht.«

»Und wer hat dir den Namen Mariko gegeben, Großmutter? Mutter hat mir gesagt, es sei ein Name, der früher sehr selten und modern war.«

»Ja«, antworte ich, »deine Mutter hat Recht. In meinem Bekanntenkreis kenne ich niemanden in meinem Alter, die Mariko heißt. Meine Mutter gab mir diesen Namen.«

Tsubaki fragt weiter:

»Warum hat sie diesen Namen gewählt?«

Ich schweige einen Augenblick, dann antworte ich:

»Meine Mutter mochte die katholische Kirche. Du kennst doch bestimmt die beiden Namen *Maria* und *Kirisuto*?«

»Ja. Mariko ist ein hübscher Name. Und welchen Familiennamen trugst du, bevor du Großvater geheiratet hast?«

Ich bleibe kurz stehen. Ein merkwürdiges Gefühl überkommt mich. Mein Mädchenname? Welchen? Ich bin in Gedanken verloren. Tsubaki schaut mich an:

»Großmutter, was hast du?«

Ich besinne mich wieder und sage:

»Vor meiner Heirat hieß ich Mariko Kanazawa.«

Diesen Namen trug ich zehn Jahre lang. Mir wird bewusst, dass ich ihn seit vielen Jahren nicht mehr ausgesprochen habe.

»Kanazawa?«

Erstaunt wiederholt Tsubaki den Namen.

»So heißt auch meine Freundin Yumiko.«

»Yumiko Kanazawa?«

»Ja. Was für ein Zufall! Ich werde es ihr erzählen.«

Ich gehe schweigend neben ihr her. Tsubaki beginnt wieder zu singen. Wir erreichen den Eingang der Schule. Sie blickt zum Himmel auf und sagt:

»Was für ein schönes Wetter! Was wirst du tun, Großmutter?«

Ich denke einen Moment nach und antworte dann:

»Vielleicht das Grab deines Großvaters besuchen. Die Blumen, die ich vor einigen Tagen hingebracht habe, sind jetzt bestimmt verblüht.«

»Ach ja? Dann kannst du doch *Niezabudoka* kaufen?«, sagt sie.

»*Niezabudoka*? Was sind denn das für Blumen? Diesen Namen habe ich noch nie gehört.«

»Das ist der russische Name für *Wasurenagusa*. Großvater hat mir einmal erzählt, dass er sie sehr mochte.«

»Du weißt Dinge über meinen Sohn und meinen Mann, die ich nicht weiß. Einverstanden, wenn der Blumenhändler noch welche hat, werde ich sie kaufen. Du weißt ja, dass die Jahreszeit der *Wasurenagusa* schon zu Ende ist.«

Ihre Mitschülerinnen gehen an uns vorbei. Man hört die Schulglocke zum Unterrichtsbeginn läuten.

»Auf Wiedersehen, Großmutter. Vergiss den Namen *Niezabudoka* nicht.«

Tsubaki lässt mich stehen und läuft hinter ihren Schulkameradinnen her.

Ich verbeuge mich vor dem Grabstein, auf dem geschrieben steht: »Grab der Familie Takahashi«. Im Sonnenlicht glänzt die Oberfläche des neuen Steins. In die beiden Bambusgefäße stecke ich die Glockenblumen, die ich gerade gekauft habe. Als ich sie beim Blumenhändler sah, konnte ich nicht widerstehen. *Wasurenagusa*, von denen Tsubaki gesprochen hatte, gab es ohnehin keine mehr. Den russischen Namen der Blume habe ich schon wieder vergessen.

Mein Mann war schon seit Jahren herzkrank. Die Ursache war die Zwangsarbeit, die er in Sibirien leisten musste. 1943 war er in das Labor eines Krankenhauses in der Mandschurei versetzt worden, um Forschungen für Kriegsmedikamente durchzuführen. Der leibliche Vater von Yukio war schon mit seiner Familie in Nagasaki eingetroffen, um meinen Mann zu vertreten. Kurz vor Kriegsende wurde mein Mann nach Sibirien geschickt, und erst zwei Jahre nach Kriegsende kehrte er nach Japan zurück. Als die Atombombe über Nagasaki abgeworfen wurde, war er nicht da. Glücklicherweise sind wir der Katastrophe entkommen, obwohl wir in einem Stadtviertel im Uragami-Tal lebten, auf das die Bombe fiel. An jenem Morgen war ich hinaus aufs Land gegangen, um Reis zu kaufen, und Yukio begleitete einen Kollegen meines Mannes in die Universitätsklinik im Stadtzentrum. Im Moment der Detonation hielten sie sich gerade in einem Gebäude aus Beton auf, das sie vor den Strahlen schützte. Der leibliche Vater Yukios ist in seinem Haus umgekommen.

Als ich an jenem Morgen das Haus verließ, hatte ich das Tagebuch meiner Mutter in der Tasche. Was für eine Fügung des Schicksals! Ich habe diese zweite Katastrophe zusammen mit dem einzigen Zeugnis meiner Herkunft überlebt.

Mit gefalteten Händen und geschlossenen Augen bete ich für die Seele meines Mannes. Er war ein Mann mit einem großen Herzen. Er hat Yukio und mich sein ganzes Leben lang beschützt. Er hat sogar auf das Erbe seiner Eltern verzichtet, die sich so sehr unserer Heirat widersetzten. Er war der einzige Sohn der wohlhabenden Familie Takahashi.

Ich weiß genau, dass er meine koreanische Herkunft akzeptiert hätte. Trotzdem wollte ich meine Last nicht mit ihm teilen. Es hätte ihm Schwierigkeiten in seinem Verhältnis zu anderen Menschen bereiten und sowohl Yukios Zukunft als auch die seiner Kinder beeinträchtigen können. Während ich den Stein betrachte, sage ich zu mir: ›Mein Liebster, verstehst du mich? Ich war dir immer dankbar für deine Stärke und deine Liebenswürdigkeit. Dank dir hatte ich ein gutes Leben.‹

Als ich mich aufrichte, fällt mir plötzlich wieder der russische Name der Blume ein: *Niezabudoka*. Mein Mann mochte mit niemandem über seine zwei Jahre in Sibirien reden. Das Leben dort muss sehr schwer für ihn gewesen sein. Trotzdem hat er den Namen dieser Blume im Gedächtnis behalten.

»FRAU TAKAHASHI!«

Es ist Herr Nakamura, der Vater des Nachbarn. Ich komme gerade vom Friedhof zurück.

Herr Nakamura begrüßt mich:

»Wie geht es Ihnen?«

Mit einer Verbeugung antworte ich:

»Sehr gut. Ich danke Ihnen für Ihre Hilfe beim Begräbnis meines Mannes.«

Er fährt fort:

»Das versteht sich doch von selbst, gnädige Frau. Herr Takahashi und ich waren gute Freunde. Er hat zwar nur sieben Jahre hier in Kamakura gelebt, doch ich hatte das Gefühl, ihn schon seit langem zu kennen. Wir haben so oft *Shôgi* miteinander gespielt. Das vermisse ich jetzt sehr, auch wenn er mich immer schlug. Geht es Ihrem Sohn und seiner Familie gut?«

Er redet ohne Unterlass. Ich erinnere mich, dass mein Mann und er viel miteinander plauderten und dabei Sake tranken. Ich habe mich nie zu ihnen gesetzt. Ich bin nicht sehr gesellig.

Ich sage: »Entschuldigen Sie mich, ich habe es heute etwas eilig.«

Als ich mich gerade von ihm abwenden will, fragt mich Herr Nakamura unvermittelt:

»Haben Sie von der Exhumierung der koreanischen Leichen gehört? Im Radio haben sie gesagt...«

›Wie bitte? Exhumierung der koreanischen Leichen?‹ Die Worte versetzen mir einen Stich ins Herz. Ich begreife nicht sofort, was er damit sagen will. Ich reagiere nicht. Er fragt:

»Sie kennen doch sicher die Geschichte des *Kanto-Daïshinsaï*?«

Ich antworte:

»Ich habe dieses Erdbeben überlebt. Ich habe meine Mutter und meinen Onkel dabei verloren.«

Er sieht mich sehr erstaunt an:

»Mein Gott ... Ich bitte um Entschuldigung. Ich wusste, dass Sie und Ihr Sohn den Atombombenabwurf auf Nagasaki überlebt haben, aber ich wusste nicht, dass Sie auch ein Opfer des Erdbebens waren.«

Ich bleibe stumm. Nach einer Weile sagt er zögernd:

»Ich empfinde großes Mitgefühl für Menschen wie Sie, die unter derlei Katastrophen gelitten haben. Denke ich aber an die vielen Tausend Koreaner, die während der Krise getötet wurden, zerreißt es mir das Herz. Ich schäme mich dafür, Japaner zu sein. Ganz gewöhnliche Menschen haben sich freiwillig an dem Massaker beteiligt, weil sie an die Gerüchte glaubten, die die Regierung verbreiten ließ. Ich lebte damals in Funabashi. Ich hörte, wie die Leute riefen: ›Die Koreaner versuchen einen Aufstand anzuzetteln!‹ Man sagte sogar, bei der Polizei seien schon Anzeigen eingegangen...«

Herr Nakamura hält inne. Ich frage ihn:

»Was wollten Sie mir gerade erzählen? Was haben sie im Radio gesagt?«

»Ach so, ja«, antwortete er. »Im Radio sagten sie, dass die offizielle Zeremonie, mit der dieses schmerzliche Unternehmen beginnen soll, heute Morgen am Ufer in der Nähe des Bahnhofs am Arakawa stattfindet. Die Exhumierung selbst beginnt dort morgen früh um neun Uhr.«

Ich frage weiter:

»Wer führt die Exhumierung durch? Die Regierung?«

»Aber nein! Koreaner der *Nisei* und Japaner, die nichts mit der Regierung zu tun haben. Man sagt, die Initiatorin des Ganzen sei eine japanische Lehrerin. Ich habe Hochachtung vor ihrem Mut. Diese Angelegenheit ist ein Schandfleck in unserer Geschichte. Unsere Regierung hat sich nie dafür entschuldigt, noch sind die Betroffenen dafür entschädigt worden. Verzeihen Sie mir, ich rede zu viel. Sehen Sie nur, was für ein schönes Wetter! Das muss man ausnutzen. Auf Wiedersehen!«

Herr Nakamura geht fort. Verwirrt bleibe ich stehen.

Ich fliege über den Wolken. Lose aneinander gereiht wie Muster eines Teppichs erstrecken sie sich bis in die Unendlichkeit. Meine langen Haare flattern im Wind. Ich spüre das Gewicht meines Körpers nicht. Ich atme die reine Luft ein und sage mir immer wieder: ›Ich bin frei!‹ Durch die Wolkenlücken sehe ich ein Dorf, das in der Nähe einer Küste liegt. Die Häuser, die Bäume, die Brücken, der Fluss… Alles wirkt ganz klein. Ich komme näher. Um die Häuser herum, entlang der Wege, auf dem Flussdeich stehen Cosmeen in voller Blüte. Zwischen großen Steinen sehe ich auch Enziane und Glockenblumen. Es ist schön! Der Blumenteppich reicht bis zur Küste. Die Wellen branden gegen die weißen Felsen. Große Möwen gleiten kreischend durch die Luft. All diese Landschaften sind mir vertraut.

›Wo bin ich?‹ Einen Moment lang denke ich nach. ›Ah, das muss der Ort sein, an dem meine Mutter geboren wurde!‹ Ich schwebe zwischen dem Dorf und der Küste hin und her. Die Vögel folgen mir mit dem Wind.

Plötzlich beginnt mein Körper gegen meinen Willen zu fallen. Die Landschaft dreht sich um mich herum. ›Hilfe!‹ Die Meeresoberfläche kommt immer näher. Angstvoll schreie ich: ›Ah! Mama!‹

Unmittelbar bevor ich auf dem Wasser aufschlage, wache ich auf. Ich bin in Schweiß gebadet. Mein Mund steht noch offen. Ich habe Durst. Habe ich tatsächlich geschrien? Mit aufgerissenen Augen starre ich in die Dunkelheit. Ich höre nur das Ticken des Weckers. Ich schalte die Lampe ein. Es ist erst vier Uhr morgens. Es ist der 2. September. Der Tag, an dem meine Mutter verschwand.

Ich kann nicht mehr schlafen. Ich stehe auf. Ich hole das Tagebuch meiner Mutter aus der Schublade des Schranks und betrachte lange den vergilbten Einband.

Ich öffne die Haustür. Die Sonne blendet, der Himmel ist klar, die Luft frisch. Die Vögel singen. Die Cosmeen leuchten. Alles ist so schön wie gestern. Trotzdem fühle ich mich nicht gut. Ich habe Kopfschmerzen.

Ich jäte Unkraut im Garten und warte auf Tsubaki.

Ringring! Der Sohn von Herrn Nakamura fährt am Haus vorbei. Er grüßt mich:

»Guten Morgen, Frau Takahashi!«

Ich verbeuge mich nur leicht. Tsubaki kommt aus dem Haus.

»Gehen wir, Großmutter!«

Sie hüpft, singt und redet ununterbrochen. Zögernd folge ich ihr. Ich schaue auf meine Uhr. Es ist zwanzig nach acht. Tsubaki sagt:

»Großmutter, beeil dich! Ich komme zu spät zur Schule.«

Ich bleibe stehen.

»Es tut mir Leid. Du musst allein hingehen.«

»Warum?«

»Ich habe vergessen, dass ich heute Morgen etwas Wichtiges vorhabe.«

Enttäuscht sagt sie:

»Ist schon gut. Auf Wiedersehen!«

Sie läuft davon. Ich gehe in die andere Richtung, direkt zum Bahnhof von Kamakura.

Am Arakawa steige ich aus dem Zug. Der Bahnhof liegt vor der Brücke, die über den Fluss führt. Ich gehe die Straße entlang, die auf dem Damm gebaut wurde. Es ist schon zehn Uhr. Als ich auf der gegenüberliegenden Straßenseite eine Reihe Menschen am Brückengeländer stehen sehe, erstarre ich. Ihre regungslosen Silhouetten scheinen alle nach unten zu blicken. Am Straßenrand sind Fahrräder abgestellt. Autos fahren vorsichtig vorbei. Einige Autofahrer halten an und steigen aus, um zu sehen, was dort vor sich geht. Immer wieder sagt einer:

»Was? Man sucht die sterblichen Überreste von Hunderten von Koreanern, die 1923 hier begraben wurden? Das ist ja unglaublich!«

Ich überquere die Straße. Jemand ruft aus: »Was für eine Grube!« Mein Herz beginnt zu schlagen. Ich trete an das Geländer. Ich reiße die Augen auf. Am Abhang sehe ich eine riesige Grube. Sie wäre groß genug für ein ganzes Haus. Der Großteil der Aushubarbeiten scheint abgeschlossen zu sein. Hinter einer Schaufel sieht man einen Erdhügel. Um die Grube herum steht eine weitere Gruppe Zuschauer. Im Innern kratzen mehrere Männer mit Schaufeln die Erde von den

Wänden ab. Jedesmal, wenn einer von ihnen auf einen Gegenstand stößt, beugen sich die Leute oben nach vorn und fragen:

»Was ist es? Vielleicht ein Knochen!«

»Nein. Bestimmt eine Glasscherbe.«

›Ein Knochen? Von wem? Von meiner Mutter? Von meinem Onkel?‹ Wieder blicke ich zum Damm, zum Ufer und zum Fluss, die sich bis zum Horizont erstrecken. Ich wage nicht, gleich hinunterzusteigen. Neben mir unterhalten sich zwei Männer. Sie sehen sich ähnlich. Der eine sagt zum anderen:

»Papa, ich wusste gar nicht, das es sich um einen künstlich angelegten Fluss handelt, der als Ablaufkanal dient.«

»Du bist zu jung, um zu wissen, dass es in der Region Kanto 1910 riesige Überschwemmungen gab, die große Schäden anrichteten. Deshalb hat man den Kanal gebaut«, antwortet sein Vater.

»1910? Ach ja! Das ist doch das Jahr, in dem Japan Korea annektiert hat, nicht wahr?«

»Annektiert? He! Es war eine regelrechte Invasion. In der Folge sind Tausende und Abertausende von Koreanern nach Japan gekommen, um hier Arbeit zu suchen.«

Ich betrachte das Gesicht des Vaters. Mit vor der Brust verschränkten Armen beobachtet er mit ernstem Gesichtsausdruck das, was unterhalb von ihm passiert.

Seine mongolisch geschnittenen Lider erinnern mich an die Augen meines Onkels. Einen Moment lang frage ich mich, ob er koreanischer Herkunft ist und seine Identität vor seinen Kindern verheimlicht, weil er Japaner geworden ist...

Ich höre, wie er berichtet, was nach dem Erdbeben auf dem Damm passiert ist. Die Armee hatte Japaner gezwungen, an dieser Stelle eine Grube auszuheben. Die Soldaten ließen die Koreaner in Reihen antreten und erschossen sie. Die Männer übergossen die Leichname mit Benzin, verbrannten sie und schütteten dann die Grube zu...

Ich denke an meinen Onkel, der eines dieser Opfer gewesen sein könnte. In meinem Kopf dreht sich alles. Ich halte mir die Ohren zu und schließe die Augen. ›Nein! Nein!‹ Ich bleibe lange regungslos an meinem Platz stehen.

Der Vater des jungen Mannes sagt:

»Bei den Opfern handelte es sich aber nicht ausschließlich um Koreaner, sondern auch um Chinesen und um Japaner aus der Region Tôhoku.«

Der Sohn fragt:

»Chinesen und Japaner? Wieso das?«

»Man hat sie wegen ihres Akzents für Koreaner gehalten.«

Ich erinnere mich an die Nachbarn im *Nagaya*, in dem meine Mutter und ich damals wohnten. Es waren

Leute vom Land mit einem sehr starken Akzent. Ich denke: ›Haben die Japaner auch ihre Landsleute getötet, ohne ihre Identität zu überprüfen?‹

Der Vater des jungen Mannes fährt fort:

»Die Leute haben die Koreaner auf mehrere Arten umgebracht: mit Bambuslanzen, Hacken, Sägen, Messern.«

»Hast du es gesehen?«

Der Vater schweigt einen Moment lang und antwortet dann:

»Ja. In den Feldern lagen Hunderte von Leichnamen mit durchschnittener Kehle, verrenkten Armen, gespaltenem Schädel. Auch der einer schwangeren Frau mit aufgeschlitztem Bauch, so dass man das Baby sehen konnte. Es war ein Gräuel.«

Ich falle beinahe in Ohnmacht. Ich frage mich: ›Soll ich hinunter steigen oder sofort fortgehen?‹ Nach kurzem Überlegen setze ich meine Sonnenbrille auf, gehe hinunter zum Ufer und stelle mich zu den Leuten, die bei den Arbeiten zuschauen. Einige Männer machen Fotos. ›Sind es Journalisten?‹ Ich ziehe mir die Hutkrempe tiefer ins Gesicht.

Auf der anderen Seite der Grube sehe ich eine Gruppe junger Mädchen, die *Chima-Chogoris* tragen und von einer jungen Frau begleitet werden, die aussieht wie eine Lehrerin. Ich gehe näher zu ihnen hin. Die Mädchen sprechen Koreanisch miteinander. Ich verstehe nicht, was sie sagen. Trotzdem stimmt mich der Klang wehmütig. Die Frau hält einen Blumenstrauß in den Armen und blickt in die Grube. Sie steht regungslos da. Sie hat eine helle Haut, mandelförmige Augen und vorspringende Wangenknochen. Ihre langen schwarzen Haare sind im Nacken zusammengebunden und werden von einem Mittelscheitel getrennt. Sie hält sich ganz gerade. Ich betrachte nochmals die blauen Blumen in ihren Armen. Es sind Glockenblumen! Einen Moment lang sage ich zu mir: ›Mama!‹ Ich breche fast in Tränen aus. Meine Beine zittern. Die Frau beginnt die Melodie von *Ariran* zu summen. Mir kommen die Tränen. ›Sie ist da! Nach fünfzig Jahren ist sie zurückgekommen, um mich abzuholen!‹ Das Blau der Glockenblumen leuchtet auf dem Ärmel der weißen *Chogori.*

Die Arbeiten unten in der Grube gehen weiter. Es ist eng dort unten für die vielen Helfer. Von Zeit zu Zeit lösen sich die Männer ab. Das Scharren hallt in der warmen Sonne wider. Jedes Mal wenn jemand »Knochen!« ruft, durchläuft mich ein Schauer. Geduldig oder auch erregt beobachten die Leute die Arbeiten, die kein Ende zu nehmen scheinen.

»Was ist mit Ihnen?«

Ich wende den Kopf der Stimme zu. Ein Mann hält die Hand einer alten Frau, die auf dem Boden hockt. Sie hebt den Kopf. Ich sehe ihr Gesicht. Volle Lippen.

Runde Augen. In meiner Überraschung sage ich zu mir selbst: ›Frau Tanaka!‹ Nein, das ist unmöglich...

Der Mann, der die Hand der alten Frau hält, fragt:

»Ist jemand hier, der sie kennt?«

Und dann sagt er etwas auf Koreanisch zu den Leuten. Die alte Frau protestiert:

»Es ist nichts. Danke vielmals, Sie sind sehr liebenswürdig. Mir war einen Augenblick lang schwindelig. Das ist jetzt vorbei. Ich gehe wieder nach Hause.«

Sie erhebt sich schwankend. Der Mann ist besorgt:

»Sind Sie sicher?«

Ich trete zu ihnen:

»Ich könnte Sie begleiten, gnädige Frau. Ich wollte auch gerade gehen.«

Verwirrt sieht mich die alte Frau einen Augenblick an. Ich wiederhole mein Angebot.

Der Mann sagt zu mir:

»Gehen Sie die Treppe dort hinauf. Das ist der kürzeste Weg zum Bahnhof oder zur Bushaltestelle.«

Die Zahl der Schaulustigen oben an der Dammstraße hat abgenommen. Am Straßenrand stehen mehrere Taxis. Während ich langsam mit der alten Frau in Richtung Bahnhof gehe, frage ich sie, wo sie wohnt. Sie nennt mir ihre Adresse und fügt hinzu:

»Das ist ein kleines Viertel hinter dem Hügel, von dem man auf Tokio hinunterblicken kann. Beim großen Erdbeben sind viele Menschen dorthin geflüchtet.«

›Das ist der Enzianhügel!‹

Ich sage zu ihr:

»Warten Sie einen Augenblick, gnädige Frau.«

Ich wende mich zur Straßenseite und rufe ein Taxi.

DIE ALTE FRAU SAGT ZUM TAXIFAHRER:

»Hier ist es. Mein Haus ist ganz in der Nähe.«

Das Taxi hält vor der Einfahrt in ein kleines Gässchen. Mit dem Auto kann man nicht hineinfahren. Ich sage zum Taxifahrer:

»Ich bin in ein paar Minuten wieder da. Ich begleite nur die Dame bis zu ihrem Haus.«

Sie unterbricht mich:

»Nein. Ich möchte, dass Sie ein wenig bei mir bleiben.«

Jetzt ist sie es, die hartnäckig ist. Ich denke einen Augenblick nach. Der Taxifahrer wartet auf meine Antwort. Ich sage:

»Einverstanden. Sie können dann weiterfahren, mein Herr.«

Ich bezahle die Fahrt. Ich helfe der alten Frau beim Aussteigen. Das Taxi fährt davon. Wir sind in einem Viertel, wo die Häuser dicht und ungeordnet nebeneinander stehen. Ich schaue mich um.

Ich frage sie:

»Wo ist der Hügel, von dem Sie sprachen?«

Sie zeigt mit dem Finger Richtung Norden. Dort sehe ich nur ein hohes Gebäude aus Beton. Sie sagt:

»Der Hügel wird von diesem Gebäude verdeckt.

Aber es ist nicht weit. Eine Viertelstunde zu Fuß. Meine Kinder haben dort jeden Tag nach der Schule gespielt.«

Sie führt mich durch die sehr schmale und schattige Gasse. Es ist kühl. Ich folge ihr langsam. Auf der Erde liegen Pappkartons und leere Bierflaschen herum. Die Gasse wird von mehreren ebenerdigen Häusern gesäumt. Ich betrachte die Fenster, Dächer, Türen. Als ich einen bestimmten Geruch wahrnehme, bleibe ich stehen und frage sie:

»Was ist das für ein Geruch?«

Die alte Frau erwidert:

»Das ist der Geruch von *Kimchi*. Kein Essen ohne Reis und *Kimchi*!«

Eine Katze streicht an den Häusern entlang. In der Rabatte vor einem Haus wiegen sich die Cosmeen hin und her. ›Wo bin ich?‹ Einen Moment lang fühle ich mich in meine Kindheit zurückversetzt. ›Hier habe ich früher mit meiner Mutter gelebt!‹ Der Schmerz durchfährt meinen ganzen Körper. Mir zittern die Beine. ›Das ist unmöglich…‹

Die alte Frau wendet sich zu mir um.

»Verzeihen Sie, dass ich Sie an einen so schmutzigen Ort führe.«

Ich schüttele den Kopf.

»Machen Sie sich keine Gedanken, gnädige Frau. Ich wollte nur sichergehen, dass Sie gut nach Hause kommen.«

Nach einer Pause frage ich:

»Ist Ihr Mann zu Hause?«

»Nein. Er ist schon vor vielen Jahren gestorben. Ich lebe allein. Und Sie?«

»Mein Mann ist auch gestorben.«

»Also sind wir beide Witwen! Das ist immer so. Die Frauen leben länger als die Männer. Das ist vielleicht besser als umgekehrt«, bemerkt sie.

Ich frage:

»Warum?«

»Die Männer werden schnell schwermütig, wenn sie ihre Lebensgefährtin verloren haben. Vielleicht sind sie romantischer als die Frauen.«

Ich lächle. Wir kommen vor ihrem Haus an. Über der Tür ist ein Namensschild angebracht. Sie sagt zu mir:

»Herr Yi, das ist der Name meines Mannes. Ich heiße Kim. In Korea geben die Frauen nach der Heirat ihren Namen nicht auf. Yi und Kim sind typisch koreanische Namen.«

›Kim?‹ Ich zucke zusammen. Frau Kim fragt mich:

»Und wie heißen Sie?«

Ich stottere:

»Ich? Ich bin Frau Takahashi.«

Sie lächelt:

»Sehr erfreut, Frau Takahashi.«

Es ist ein altes Haus mit einem Fenster in der Vorderfront. Das Holz des Balkenwerks ist weiß gestrichen. Ich betrachte das Dach. An der Dachrinne sind die Spuren von Reparaturarbeiten zu sehen. Frau Kim öffnet die Tür ohne Schlüssel. Wir treten ein, ohne dass sie die Tür wieder schließt.

»Sie lassen die Tür offen?«

»Ja«, antwortet sie. »Hier ist es wie in einer Familie, in der sich alle kennen. Und außerdem gibt es bei mir nichts zu stehlen.«

Sie bietet mir ein *Zabuton* an. Ich setze mich vor den niedrigen Tisch. In der Ecke des Raums steht ein noch ungeöffnetes Paket. An der gegenüberliegenden Wand hängt ein Regal voller koreanischer Bücher. Auf einem der Regalbretter steht ein gerahmtes Schwarzweißfoto. Es ist vergilbt. Es zeigt zwei lächelnde Jungen und ein Mädchen. Die Jungen tragen eine schwarze Schuluniform, das Mädchen einen Matrosenanzug. Frau Kim bringt mir ein Glas Eistee und sagt:

»Das sind meine Kinder. Meine Tochter wohnt ganz in der Nähe, meine beiden Söhne leben im Ausland.«

Das Wort »Ausland« überrascht mich. Das Bild dieses Viertels passt nicht zu diesem Wort. Sie zeigt auf das Paket und sagt:

»Das kam heute Morgen von meinem jüngsten

Sohn, kurz bevor ich zum Arakawa-Damm aufgebrochen bin.«

Ich bemerke die ausländischen Briefmarken. Ich frage:

»Was machen Ihre Söhne im Ausland?«

Sie antwortet:

»Sie sind beide Professoren, der Ältere in den Vereinigten Staaten und der Jüngere in Kanada.«

»Professoren?«

Ich schweige. Ich weiß nicht, was ich sagen soll: ›Die Mutter von zwei Professoren wohnt in einem solchen Viertel?‹ Frau Kim bemerkt meine Verwirrung nicht. Sie besteht darauf, dass ich etwas esse, bevor ich mich wieder auf den Weg mache. Ich schaue auf die Uhr. Es ist ein Uhr nachmittags. Ohne meine Antwort abzuwarten, geht sie in die Küche zurück und beginnt damit, ein Essen vorzubereiten. Ich trinke den Rest des Tees. Ich höre jemanden.

»Guten Tag, Frau Kim. Sind Sie zu Hause?«

Eine etwa vierzigjährige Frau betritt mit einem Bambuskorb in der Hand das Haus. Als sie mich bemerkt, verbeugt sie sich. Frau Kim kommt aus der Küche, stellt sie mir vor und erklärt ihr, warum ich hier bin. Die Frau sagt zu mir:

»Das ist nett. Danke, dass Sie sie nach Hause begleitet haben.«

Sie zeigt Frau Kim, was in dem Korb ist. Es sind

gekochte Maiskolben. Das Gelb leuchtet. Sie sagt zu ihr:

»Mein Mann hat gestern ziemlich viele gekauft. Ich habe vorhin ein paar gegessen. Sie waren köstlich! Versuchen Sie mal!«

Frau Kim sagt:

»Du kommst wie gerufen! Ich werde sie mit meinem Gast zusammen essen.«

Sie stellt den Korb auf den Tisch. Die Frau verabschiedet sich von mir und verlässt das Haus. Ich frage Frau Kim:

»Ist sie eine Verwandte?«

»Nein, sie ist eine japanische Nachbarin«, antwortet sie, während sie wieder in die Küche zurückgeht.

Ich kann den Blick nicht von den Maiskolben lösen. Ich sehe meinen Onkel und seine schlanken Finger vor mir. Er lächelt. Er raucht. Er singt. Er schreibt. Er isst die Maiskolben mit Appetit. Tränen trüben meinen Blick. Die gelben Maiskörner verschwimmen mir vor den Augen.

Ich bin auf dem Gipfel des Hügels angelangt. Niemand ist zu sehen. Zu meiner Überraschung ist der Hügel genauso unberührt wie früher, obwohl sich die Stadt vollkommen verändert hat. Ich schaue in die Richtung, wo unser *Nagaya* stand. Ich sehe alte Fabrikgebäude. Rauchwolken steigen auf. Sie sind grau.

Ich setze mich auf eine alte Holzbank in der Nähe eines Baums. Im Schatten ist es kühl. Ich schließe die Augen. Ich sehe meinen Onkel, die Glockenblumen, den Enzian, die Vögel, die Bäume vor mir. Einen Moment lang höre ich die Stimme der Frau, die ruft: ›Frau Kanazawa!‹

Ich betrachte den blauen Himmel. Ich denke über das nach, was mir Frau Kim erzählt hat. Beim Zuhören hatte ich den Eindruck, Frau Tanaka stünde vor mir. Frau Kim fragte mich: »Haben Sie Kinder?« Ich antwortete: »Ich habe einen Sohn.« »Was macht er?« »Er ist Chemiker.« Sie schwieg einen Augenblick und sagte dann: »Unsere Söhne gehörten immer zu den Klassenbesten. Als der ältere sechzehn Jahre war, hat er uns gebeten, für die ganze Familie die japanische Staatsangehörigkeit zu beantragen. Das hat uns überrascht. Er sagte: ›Ohne die japanische Staatsangehörigkeit kann ich mich beim Studium noch so sehr anstrengen oder an eine ausgezeichnete Universität gehen, ich werde nie eine gute Anstellung finden. Ich würde gern Professor für Mathematik werden. Es ist noch nicht einmal sicher, ob die Schule *Zaïnichi* zur Aufnahmeprüfung zulässt.‹ Mein Mann erklärte ihm: ›Du musst verstehen, dass *Kika* nicht heißt, einfach nur die japanische Staatsangehörigkeit anzunehmen und seine ethnische Identität zu behalten. Man muss seine ursprüngliche Staatsangehörigkeit aufgeben, Japaner werden und einen japanischen Namen tragen. Wenn du Japaner geworden bist, betrachten dich die Koreaner, die hier leben, nicht mehr als Landsmann, und die Japaner werden dich nie als Japaner betrachten, wenn sie von deiner koreanischen Herkunft erfahren. Das hat überhaupt keinen Sinn. Wenn du unbedingt Professor werden willst, dann geh ins Ausland. Selbst wenn du in deinem Beruf erfolgreich bist, wäre ich nicht glücklich, wenn ich wüsste, dass du deine Identität immer noch verheimlichen musst.‹«

Jedes einzelne Wort von Frau Kim versetzte mir einen schmerzhaften Stich. Ich denke an meinen Sohn und seine Kinder. Sie sagte zu mir: »Sie sind Japanerin. Ich weiß, dass es nicht leicht für Sie ist, unsere Situation zu verstehen.« Mit gesenktem Kopf konnte ich ihr einfach nur schweigend zuhören.

Frau Kim fuhr fort: »Meine Kinder waren immer das Ziel von *Ijime*. Ihre Schulkameraden machten sich über den koreanischen Namen lustig, indem sie sagten: ›Du *Chôsenjin*!‹ Oft kamen unsere Söhne mit Verletzungen im Gesicht nach Hause. Und unsere Tochter weinte ständig, weil ihre Klassenkameradinnen ihr die Schulsachen wegnahmen und sie in die Mülltonne warfen. Die japanische Regierung verlangte, dass wir einen japanischen Namen tragen. Aber mein Mann hat das nie akzeptiert. Als meine Kinder uns baten, einen japanischen Namen anzunehmen, sagte mein Mann zu ihnen: ›Wir werden unseren Namen nicht ändern, um unsere koreanische Herkunft zu verbergen. Ihr braucht nichts zu verändern. Eure Schulkameraden sind es, die ihre Einstellung ändern müssen!‹ Er hatte vollkommen Recht. Aber mir taten meine Kinder Leid. Ich verstand die Gefühle der Eltern, die einen japanischen Namen annahmen. Obwohl es auch nicht einfach ist, mit einer falschen Identität zu leben. Ihr Leben muss genauso schwierig sein wie unseres, denn auch sie können den Schwierigkeiten, denen alle koreanischen *Zaïnichi* ausgesetzt sind, nicht entgehen, und ihre Entscheidung muss ihr Gewissen schwer belasten, weil sie einem Selbstbetrug gleichkommt.«

Bei diesen Worten krampfte sich mein Herz zusammen. Ich wäre am liebsten vor Frau Kim in Tränen ausgebrochen, musste aber die Fassung bewahren.

Ich fragte sie zaghaft, warum sie und ihr Mann nach dem Krieg nicht in ihre Heimat zurückgekehrt seien. Sie antwortete mir: »Ich wurde auf der Insel Cheju geboren. Im Sommer 1920 bin ich zusammen mit meinem Mann wegen der Choleraepidemie von dort geflohen. Die Bevölkerung der Insel war damals sehr arm. Und die Menschen sind noch ärmer geworden. Deshalb haben wir uns entschlossen, nach Japan zu gehen, um dort Arbeit zu suchen. Nach dem Massaker an den Koreanern während des Erdbebens fürchteten wir, nicht mehr in Japan leben zu können, doch wir wussten nicht, wohin wir gehen sollten. Das Leben auf meiner Heimatinsel war immer sehr hart, und es kam überhaupt nicht in Frage, aufs Festland zu ziehen. Dort war die Diskriminierung der Inselbewohner genauso groß wie in Japan. Deshalb haben wir beschlossen, hier zu bleiben.«

Am Schluss sagte sie noch etwas, das ich nie gedacht hätte: »Im Krisenjahr 1923 sind wir von einem japanischen Polizisten gerettet worden.« Ihr zufolge hat er auf seiner Polizeistation um die dreihundert Koreaner beschützt. Tausende Japaner hatten sich vor der Polizeistation versammelt und gebrüllt, die Koreaner hätten die Brunnen vergiftet. Der Polizist schrie in die Menge zurück: »Wenn das wahr ist, dann bringt das Wasser hierher. Ich werde es trinken!« Und er hat es tatsächlich getrunken. Die Menge löste sich schließlich auf. Ohne ihn wären Frau Kim und ihr Mann getötet worden. Dann sagte sie noch: »Es ist leider ein sehr seltenes Glück, einem so mutigen Menschen zu begegnen. Das ist bedauerlich. Dennoch ließ uns schon seine bloße Existenz hoffen, weiter hier leben zu können, genauso wie die der japanischen Lehrerin und all der anderen Menschen, die ihre Stimme für die Opfer dieses Blutbads erheben.«

Ich lege mich der Länge nach ins Gras. Ich sehe nur den Himmel. Es geht ein leichter Wind. Im Baum singen die Vögel. Was für eine Ruhe! Ich schließe die Augen. Ich würde gern ganz lange liegen bleiben, ohne an irgendetwas zu denken.

Ich irre durch eine Geschäftsstrasse. Beinahe hätte ich mehrere Passanten angerempelt. Ich weiß weder, wo genau ich bin, noch wie ich nach meinem Abstieg vom Hügel hierher gekommen bin. Ich fühle mich apathisch, wie von dumpfer Niedergeschlagenheit befallen. Es wundert mich, dass ich überhaupt noch laufen kann.

Ich bleibe vor einer Buchhandlung stehen. Im Schaufenster sind Kinderbücher ausgestellt. Ein Buch mit dem Titel *Oyayubi-hime* zieht meine Aufmerksamkeit auf sich. Auf dem Umschlag ist ein Mädchen abgebildet, das auf dem Rücken einer Schwalbe sitzt, die über Blumen hinwegfliegt. Das Mädchen blickt entschlossen, und die Schwalbe wirkt stolz. Plötzlich sehe ich das Gesicht des Priesters. Den schwarzen Bart, die lange Nase, die dunkelbraunen Augen. In seinem alten schwarzen Gewand steht er vor mir.

Ich betrete die Buchhandlung. Ich bitte die Frau an der Verkaufstheke, mir das Buch zu zeigen. Sie nimmt ein anderes Exemplar aus dem Regal:

»Die Kinder mögen diese Geschichte sehr.«

Ich schlage die erste Seite auf: »Es war einmal … eine Frau, die sich sehr nach einem kleinen Kinde sehnte, aber sie wusste nicht, woher sie es nehmen sollte. Da ging sie zu einer alten Hexe und sagte zu ihr...« Ich sehe mir die Bilder an. Es ist die Geschichte eines kleinen Mädchens, das Däumelinchen heißt. Sie rettet eine verletzte Schwalbe und begibt sich mit ihr zusammen auf die Reise in ein warmes Land, nachdem sie zuvor ein Leben in ärmlichsten Verhältnissen geführt hatte. In einem Land voller Blumen trifft sie einen liebenswerten Prinzen und heiratet ihn.

Ich sage zu der Frau:

»Ich nehme zwei, gnädige Frau.«

Sie wiederholt:

»Zwei?«

»Ja.«

Ich verlasse die Buchhandlung und steige schnell in einen Bus Richtung Bahnhof, um von dort aus wieder nach Kamakura zurückzufahren.

Alle setzen sich zum Abendessen an den Tisch. Die Enkelkinder erzählen sich gegenseitig, was sie den Tag über erlebt haben. Ich esse schweigend. Shizuko sagt zu mir:

»Sie sehen müde aus.«

Ich erwidere:

»Ich bin zu lange gelaufen. Ich habe nach Büchern gesucht, die ich schon seit Jahren kaufen wollte.«

Mein Sohn schaut kurz zu mir auf. Tsubaki fragt ihn unvermittelt:

»Papa, was bedeutet eigentlich *Zaïnichi*?«

Mir wären beinahe die Stäbchen aus der Hand gefallen. Ich senke den Blick. Shizuko sieht meinen Sohn an. Tsubaki fährt fort:

»Heute hat jemand in meiner Klasse gesagt, meine Freundin Yumiko ist eine *Zaïnichi*.«

›Yumiko ist eine *Zaïnichi*?‹ Das überrascht mich. Bevor mein Sohn antworten kann, sagt Natsuko, seine älteste Tochter:

»Ich wusste gar nicht, dass sie Koreanerin ist.«

Tsubaki wiederholt:

»Yumiko ist Koreanerin? Bedeutet *Zaïnichi* Koreanerin?«

Mein Sohn erklärt:

»*Zaïnichi* sind Ausländer, die in Japan leben. Man verwendet dieses Wort häufig für die koreanischen Einwanderer, weil sie die größte Gruppe unter ihnen sind.«

Tsubaki sagt:

»Aber... Yumiko spricht genauso Japanisch wie alle anderen auch. Auch ihr Familienname ist japanisch. Sie und ihre Eltern sind in Japan geboren. Warum ist sie dann keine Japanerin?«

Mein Sohn antwortet:

»Weil deine Freundin nicht die japanische Staatsangehörigkeit besitzt. Sie hat keinen *Koseki*. Tsubaki, du weißt doch, wenn man ins Ausland reist, braucht man einen japanischen Pass. Um den zu bekommen, muss man den *Koseki* vorlegen. Die Familie deiner Freundin hat ihre süd- oder nordkoreanische Staatsangehörigkeit behalten.«

»Will Japan nicht, dass Ausländer die japanische Staatsangehörigkeit haben?«

»Doch, aber es ist sehr schwer, sie zu bekommen. Deshalb müssen einige als Einwanderer hier leben, auch in der zweiten und dritten Generation.«

Damit nicht zufrieden, fährt Tsubaki fort:

»Das kommt mir komisch vor. Für mich ist Yumiko einfach eine Japanerin.«

Meine Schwiegertochter sagt zu ihr:

»Für dich ist die Staatsangehörigkeit deiner Freundin unwichtig. Wichtig ist nur, dass sie deine Freundin ist.«

Auf Drängen ihrer Mutter verlässt Tsubaki nach dem Abendessen das Wohnzimmer, um zu baden.

Natsuko spricht mit ihrem Vater weiter über das Thema. Fuyuki, ihr jüngerer Bruder, hört ihnen zu.

Natsuko fragt:

»Papa, wie viele koreanische *Zaïnichi* leben in Japan?«

»Ungefähr 650.000, glaube ich.«

»So viele?«

»Ja.«

»Sie stammen doch von Menschen ab, die während der japanischen Kolonialzeit als Zwangsarbeiter nach Japan gebracht wurden, nicht wahr?«

Mein Sohn denkt nach und antwortet:

»Nicht ganz, Natsuko. Ich habe kürzlich in einem Buch gelesen, dass die meisten von ihnen nach dem Krieg von der japanischen Regierung nach Korea zurückgeschickt wurden.«

Ich sehe meinen Sohn an. Es ist das erste Mal, dass ich ihn über derartige Dinge reden höre. Er sagt:

»Die koreanischen *Zaïnichi* sind eher die Nachfahren von Menschen, die während der Kolonialzeit aus freien Stücken hierher kamen.«

Das erinnert mich an die Geschichte von Frau Kim. Er fügt hinzu:

»Und dann gab es da noch die Nachfahren der illegalen Einwanderer, die kurz nach dem Krieg oder in der Zeit des Aufstands in Korea kamen.«

Natsuko sagt:

»Ach ja?«

›Illegale Einwanderer?‹ Diese Worte schmerzen mich. Ich sehe das Bild meiner Mutter und meines Onkels vor mir. Der Verlust der Arbeit, der Heimat, der Freiheit. Was diese Menschen in einem fremden Land erwartet, ist ein erbärmliches Leben.

Natsuko fragt weiter:

»Warum tragen diese Menschen, wie Yumikos Familie, immer noch japanische Namen, obwohl die Kolonialzeit schon lange vorbei ist? Tun sie es, um nicht diskriminiert zu werden?«

Mit angespannter Miene sagt mein Sohn:

»Unglücklicherweise.«

Zum ersten Mal macht Fuyuki den Mund auf:

»Das ist überhaupt nicht vernünftig.«

Natsuko fragt ihn:

»Was ist nicht vernünftig? Dass sie ihre Identität verbergen?«

Er antwortet:

»Im Gegenteil. Die japanische Gesellschaft ist es, die nicht vernünftig ist. Diese Menschen können hier nicht unter ihrem richtigen Namen leben.«

Mein Sohn sagt:

»Da hast du Recht, Fuyuki.«

Die Enkelkinder gehen aus dem Wohnzimmer, um ihre Schulaufgaben zu machen. Mein Sohn liest Zeitung. Ich frage mich, ob sie etwas über die Geschehnisse am Arakawa-Damm schreiben? Aber ich wage nicht, ihn zu fragen. Ich schlage eine Zeitschrift auf und blättere geistesabwesend darin herum. Ich betrachte das Gesicht meines Sohnes. Er beachtet mich nicht. Nach einer Weile frage ich ihn zögernd:

»Yukio, weißt du…«

»Was?«, sagt er, ohne mich anzusehen.

Ich schweige. Über sein Brillengestell hinweg wirft er mir einen Blick zu.

Ich stammele:

»Du … du erinnerst dich vielleicht an die Geschichte meiner Mutter und meines Onkels, die beim *Kanto-Daïshinsaï* ums Leben gekommen sind?«

»Natürlich. Ich habe vorhin an sie gedacht.«

›Wie bitte? Er hat an sie gedacht? Was will er damit sagen?‹

Er fährt fort:

»Heute jährt sich doch ihr Todestag, nicht wahr?«

»Ja.«

»Gestern habe ich im Radio gehört, dass die Exhumierung der koreanischen Leichen in dieser Woche an einer Uferböschung des Arakawa stattfinden soll. Weißt du etwas darüber?«

Ich weiß nicht, was ich antworten soll. Mir wird eiskalt. Ich versuche meine Verwirrung zu verbergen. Ich sage einfach nur:

»Nein.«

Mein Sohn legt die Zeitung und die Brille auf den Tisch und erzählt mir, was er im Radio gehört hat. Gedankenverloren höre ich ihm zu. Das Bild von Frau Kim geht mir nicht aus dem Kopf. Zum Schluss sagt mein Sohn:

»Ich weiß, dass diese Angelegenheit nichts mit dem Tod deiner Mutter und deines Onkels zu tun hat. Ich frage mich, ob wir ihnen nicht einen Grabstein errichten sollten.«

Ich wiederhole erstaunt:

»Einen Grabstein für sie?«

»Ja. Auch neunundfünfzig Jahre danach ist es nicht zu spät, um für den Frieden ihrer Seelen zu beten, so wie es die Koreaner auch zu tun versuchen.«

Ich sage:

»Dein Vater hat mir denselben Vorschlag gemacht, und ich habe nein gesagt.«

»Warum?«

»Ich werde den Verlust meiner Familie nie verkraften. Dieses Erdbeben hat mir schon genug Schmerz zugefügt. Ich war damals erst zwölf Jahre alt. Wenn ich ihren Grabstein sehen würde, wäre mein Schmerz noch größer als zuvor.«

Mein Sohn pflichtet mir bei:

»Ich verstehe. In Wahrheit war es Shizukos Idee. Du weißt ja, dass sie ihre Eltern bei der Bombardierung von Yokohoma verloren hat.«

Wir schweigen. Er nimmt wieder die Zeitung und seine Brille vom Tisch.

»Liebster! Könntest du mir bitte kurz behilflich sein?«

Shizuko ruft aus der Küche nach Yukio. Er antwortet:

»Warte! Ich komme sofort.«

Er steht auf und fragt mich:

»Warum hast du heute Abend von deiner Mutter und deinem Onkel erzählt? Wolltest du mir etwas sagen?«

Ich antworte:

»Nein, nichts.«

Er geht in die Küche.

»BLEIB STEHEN!«

Hinter mir höre ich die drohende Stimme eines Mannes. Er drückt mir etwas in den Rücken, das sich anfühlt wie die Spitze eines Stocks. Noch bevor ich den Kopf wende, sagt er:

»Hände hoch!«

Mir gefriert das Blut vor Schreck. ›Er hat einen Revolver!‹ Ich hebe die Hände.

»Gut, jetzt geh vor mir her!«

Ich gehe zaghaft. Er brüllt:

»Schneller! Alle warten auf dich!«

›Alle? Wer ist das?‹

Angetrieben von dem Mann, erreiche ich einen Flussdamm. Am Flussufer erblicke ich eine riesige Grube, um die herum Tausende von Menschen stehen.

Ich schreie:

»Nein, nein!«

Der Mann stößt mich heftiger vorwärts:

»Geh runter! Deine Mutter ist auch da.«

›Meine Mutter ist da?‹ Ich rufe, so laut ich kann:

»Mama!«

In der Menschenmenge winkt jemand mit der Hand. ›Das muss Mama sein.‹ Ich laufe den Abhang des Damms hinunter. Der Mann hinter mir brüllt:

»Bleib stehen! Sonst schieße ich!«

Ich achte nicht auf ihn und laufe weiter. Ein Pistolenschuss. Plötzlich schwebt mein Körper über der Erde und erhebt sich in den Himmel. »Ich fliege!« Die Grube wird klein. Mit ausgebreiteten Armen kreise ich über den Menschen. Ich suche meine Mutter.

»Hilfe!«

Jetzt winken alle in meine Richtung. Ich nähere mich. Jemand fasst mich an den Armen und jemand anderes an den Füßen. Ich winde mich. Ich sehe den Grund der Grube. Ich habe panische Angst:

»Lasst mich los!«

Ich wache auf und bin von tiefer Dunkelheit umgeben. Einen Moment lang frage ich mich: ›Wo bin ich? In der Grube?‹ Meine Augen gewöhnen sich langsam an die Dunkelheit. Ich sehe die Vorhänge, die Uhr, den Kalender an der Wand. Ich atme tief durch und stehe auf. Ich hole das Tagebuch meiner Mutter aus der Schublade. Bis in die frühen Morgenstunden bleibe ich regungslos auf dem Bett sitzen.

Die Haustür steht offen.

Ich rufe:

»Guten Tag, Frau Kim! Sind Sie da?«

Von innen antwortet eine Stimme:

»Treten Sie ein!«

Sie ist da. Als sie mich sieht, ruft sie erfreut aus:

»Was für eine Überraschung! Kommen Sie!«

Mit einem Stift in der Hand sitzt sie vor dem niedrigen Tisch. Ich bemerke Zettel, auf denen Zahlen stehen. Um sie herum liegen Spielsachen. Ich frage:

»Störe ich Sie?«

»Nein, ganz im Gegenteil. Ich bin sehr froh, sie wiederzusehen. Es tat mir Leid, dass ich Ihnen beim letzten Mal nicht meine Telefonnummer gegeben habe.«

Sie räumt die Spielsachen beiseite und gibt mir ein *Zabuton*. Sie sagt:

»Das sind die Geschenke, die mir mein jüngster Sohn geschickt hat, damit ich sie an die Nachbarskinder verteile. Schauen Sie! Jedes ist anders. Es ist nicht leicht, alle zufrieden zu stellen. Also habe ich beschlossen, sie losen zu lassen. Auf diese Weise gehe ich dem Problem aus den Weg, für jedes Kind eines aussuchen zu müssen.«

»Sie haben Recht«, sage ich.

Sie bereitet mir eine Tasse Tee zu und erzählt weiter von ihren Söhnen und deren Familien, die in den Winterferien nach Japan kommen werden.

»Gestern Abend hat mir meine zehnjährige Enkelin am Telefon ein koreanisches Lied vorgesungen. Das war sehr lieb. Sie spricht Englisch, Spanisch und ein wenig Koreanisch. Ihre Mutter ist Mexikanerin... Mein jüngster Sohn hat mir nach dem Tod meines Mannes angeboten, zu ihnen zu ziehen, aber ich habe abgelehnt. Hier, inmitten meiner Landsleute und unserer japanischen Nachbarn, bin ich glücklich... «

Frau Kim hält einen Moment lang inne und sieht mich an:

»Sie sehen nicht gut aus. Sind Sie krank?«

»Nein. Ich habe kaum geschlafen. Das ist alles«, antworte ich. »Ich bin noch mal zu Ihnen gekommen, weil ich Sie um einen Gefallen bitten wollte...«

Sie lächelt.

»Was immer Sie wollen! Ich hoffe, ich kann Ihnen behilflich sein.«

Ich hole das Tagebuch meiner Mutter aus der Handtasche und lege es auf den Tisch. Neugierig betrachtet sie den Einband, auf dem nichts geschrieben steht.

»Was ist das? Dieses alte Papier erinnert mich an die Zeit vor dem Krieg«, bemerkt sie.

»Es ist das Tagebuch, das mir meine Mutter kurz vor ihrem Tod gab.«

Sie wiederholt:

»Das Tagebuch Ihrer Mutter?«

»Ja. Könnten Sie es lesen?«

»Es Ihnen vorlesen? Warum?«

Sie nimmt ihre Brille und beugt sich nochmals über das Tagebuch. Kaum hat sie die erste Seite aufgeschlagen, ruft sie aus:

»Ihre Mutter war Koreanerin!«

Sie starrt mich verblüfft an. Ich nicke. Nach einem kurzen Augenblick sagt sie zu mir:

»Das bedeutet, dass Sie auch Koreanerin sind.«

»Zumindest halb«, merke ich an.

»Halb? War Ihr Vater Japaner?«

»Das weiß ich nicht.«

»Das wissen Sie nicht! Wieso?«

»Ich bin ein uneheliches Kind. Meine Mutter hat nie mit mir über meinen Vater geredet.«

Ich verstumme. Ich habe Angst, wie sie reagieren wird. Ich habe ihr beim letzten Mal nicht die Wahrheit gesagt. Frau Kim betrachtet ausgiebig die erste Seite des Tagebuchs. Mir scheint, sie liest gar nicht. Sie wirkt, als würde sie nachdenken. Ich senke den Blick. Sie fragt:

»Wurde Ihre Mutter auch beim Erdbeben getötet?«

»Ich glaube ja. Sie ist am darauf folgenden Tag verschwunden, nachdem sie mich in einer Kirche in Sicherheit gebracht hatte. Sie hat sich auf die Suche nach ihrem Bruder gemacht, der damals am Arakawa-Damm arbeitete.«

»Und was ist Ihrem Onkel zugestoßen?«

»Ich weiß es nicht genau. Er ist nicht zurückgekommen, genau wie meine Mutter.«

»Mein Gott ... Wie sehr ich Sie bedaure!«

Frau Kim setzt die Brille ab und sagt:

»Deshalb sind Sie letzthin auch auf den Damm gekommen. Es muss sehr schwer für Sie gewesen sein, dieser Exhumierung beizuwohnen.«

Sie wischt sich eine Träne aus dem Augenwinkel. Ich schweige. Nach einer Weile fragt sie zaghaft:

»Kennt Ihre Familie diese Geschichte?«

Ich schüttele den Kopf, ohne sie anzusehen.

»Nein. Niemand kennt sie.«

»Das dachte ich mir ... Aber zumindest Ihr verstorbener japanischer Mann wird von Ihrer koreanischen Abstammung gewusst haben. Bei der Heirat wird die Herkunft der Ehefrau immer in den *Koseki* eingetragen.«

Ich sage:

»Ich war schon vor unserer Heirat Japanerin.«

»Wie das?«

Ich erzähle ihr, was der Priester unternommen hat, damit ich die japanische Staatsangehörigkeit bekomme.

»Ich hatte nicht die Möglichkeit, sie abzulehnen. Er dachte an meine Zukunft und hat sein Bestes getan.«

»Ihr Mann hat Sie also geheiratet, ohne Ihre Herkunft zu kennen?«

»Ja.«

Frau Kim fehlen die Worte. Eine bleierne Stille tritt ein. Wir hören nur das Ticken der Wanduhr. Ich halte den Atem an. Mir kommt es so vor, als würde die Stille ewig andauern, wenn ich sie nicht breche:

»Mein Sohn hat eine gute Ausbildung und arbeitet in einem angesehenen Unternehmen. Ich habe drei Enkelkinder. Ich führe ein ruhiges Leben in seiner Familie. Ich würde es nie über mich bringen, ihr Leben mit meiner Geschichte durcheinander zu bringen. Ich hoffe, Sie haben dafür Verständnis…«

Ich schweige eine Weile. Frau Kim vergräbt das Gesicht in den Händen:

»Was für Schwierigkeiten! Was für eine Last!«

Vergeblich versuche ich, meine Tränen zu unterdrücken. Ich schluchze. Sie reicht mir ein Papiertaschentuch. Während ich mir die Tränen von der Wange wische, fällt mir auf, dass ich schon lange nicht mehr geweint habe.

Als ich mich beruhigt habe, setzt Frau Kim ihre Brille wieder auf und betrachtet die erste Seite des Tagebuchs meiner Mutter. Sie sagt:

»Wenn ich mir diese schöne Schrift ansehe, glaube ich, dass Ihre Mutter eine gute Bildung besaß.«

Ich antworte:

»In Korea war sie Lehrerin an einer Mädchenschule.«

»Lehrerin? Warum hat sie das Land verlassen?«

»Mein Onkel und sie wurden wegen ihrer Aktivitäten in der Unabhängigkeitsbewegung von den Japanern verfolgt.«

»Dann sind Ihre Mutter und Ihr Onkel Helden im Kampf für die Unabhängigkeit unseres Landes. Wie schade, dass Sie das Ihrer Familie nicht sagen können.«

Frau Kim beginnt das Tagebuch zu lesen und übersetzt das Gelesene für mich. Mit geschlossenen Augen höre ich ihr zu. Meine Mutter hat alle Begebenheiten im Leben der Koreaner notiert, mit denen sie Umgang pflegte. Sie machte nicht jeden Tag Eintragungen. Manchmal fehlen einige Tage, dann einige Wochen. Offenbar hat sie die Informationen nach Korea geschickt, wo ihre Kameraden weiterhin in der Unabhängigkeitsbewegung kämpften. Über mich hat sie nichts geschrieben. Sie hat nicht einmal meinen Namen oder den ihres Bruders erwähnt.

Nachdem sie die Hälfte des Tagebuchs gelesen hat, sagt Frau Kim:

»Das ist ein wertvolles Dokument der koreanischen Geschichte hier in Japan.«

Ich antworte nicht. Sie liest weiter. Der Tag des Erdbebens rückt näher. Meine Anspannung wächst. Als sie das Datum »1. September 1923« ausspricht, läuft mir ein Schauer über den Rücken. Meine Mutter hat ganz genau beschrieben, was an diesem Tag geschehen ist. ›Wo hat sie diese Dinge notiert?‹ Ich versuche mich zu erinnern. Sie muss es geschrieben haben, als wir auf dem Gipfel des Hügels waren und ich auf ihrem Schoß schlief.

Während sie die Seite umblättert, sagt Frau Kim:

»Hier endet das Tagebuch.«

Sie blättert das Heft bis zur letzten Seite durch und sagt:

»Ah, da stehen noch ein paar Worte auf der Innenseite des Umschlags. Es sind schnell hingeschriebene Worte. Ihre Mutter muss sie in großer Eile notiert haben. Sie sind nicht leicht zu entziffern. Warten Sie…«

Sie liest, indem sie jedes Wort genau prüft: »2. September … 1923 … Für … meine … Liebste … Tochter … von … Herrn…« An dieser Stelle hält sie einen Augenblick inne. Sie denkt nach. Ich wiederhole stumm: ›Für meine Liebste, Tochter von Herrn wem?‹ Mein Herz schlägt heftig. Ich starre auf Frau Kims Lippen. Ich warte. Sie entziffert noch das nächste Zeichen. Und plötzlich ruft sie aus: »Herrn Tsubame!«

›Was? Die Tochter von Herrn Tsubame? Das ist der ausländische Priester des Waisenhauses!‹ Frau Kim sieht mich an. In ihrem Gesicht erkenne ich dasjenige von Frau Tanaka, die sagt: »Weißt du, Mariko, wir Frauen haben ihm den Spitznamen Herr Tsubame gegeben.«

Verblüfft frage ich Frau Kim:

»Könnten Sie es noch einmal vorlesen?«

Sie wiederholt noch einmal dieselben Worte:

»2. September 1923. Für meine Liebste, Tochter von Herrn Tsubame.«

Sie setzt die Brille ab und gibt mir das Tagebuch:

»Jetzt wissen Sie also, wer Ihr Vater war. Kennen Sie diese Person namens Tsubame?«

»Nein...«

Sie sagt lächelnd:

»Es ist das erste Mal, dass ich den Namen Tsubame als japanischen Familiennamen höre. Vielleicht ist es ein Beiname.«

Ich antworte nicht. Ich stecke das Tagebuch meiner Mutter wieder in die Handtasche und sage:

»Verzeihen Sie mir, dass ich Ihnen beim letzten Mal nicht die Wahrheit gesagt habe. Ich war dazu nicht imstande.«

»Machen Sie sich keine Gedanken. Ich verstehe Ihre Lage sehr gut. Ich werde niemandem Ihre Geschichte erzählen.«

Ich verbeuge mich tief. Sie fügt hinzu:

»Sie sind nicht verantwortlich für die Bürde, die Sie

zu tragen haben. Niemand hat das Recht, Sie dafür zu verurteilen.«

Während Sie ihren Tee trinkt, versucht sie das Thema zu wechseln und redet über ihre Tochter. Doch was sie auch sagt, ich kann mich nicht mehr darauf konzentrieren. Mein Kopf ist ganz besetzt vom Bild des ausländischen Priesters. ›Herr Tsubame war mein Vater…‹ Ich erinnere mich, dass seine Eltern während eines Krieges in Europa ums Leben gekommen waren. Welches Land war es? Bin ich also halb Europäerin? Der Priester hatte ganz schwarze Haare. Seine Augen waren braun… Er war ein sehr großer Mann. Wie hatte meine Mutter ihn kurz nach ihrer Ankunft in Japan kennen gelernt?

Ich sehe zur Wanduhr. Es ist schon fünf Uhr nachmittags.

Als ich mich von ihr verabschiede, gibt mir Frau Kim einen Zettel mit ihrer Telefonnummer. Während ich ihn entgegennehme, denke ich, dass ich keinen Gebrauch davon machen werde, um sie noch einmal zu besuchen.

Heute ist der 9. September. Nach der Schule spielt Tsubaki mit ihrer Freundin Yumiko, die inzwischen von ihrer Operation genesen ist. Sie sitzen beim Malen auf der *Engawa* und unterhalten sich dabei. Ich jäte Unkraut im Gemüsegarten. Die Gemüsezeit ist fast vorbei. Die Blätter der Kürbisse und Wassermelonen sind welk. Einige Gurken hängen noch an den Ranken, die an einer Bambusstange hochwachsen. Ich sammele das Unkraut ein, das ich beim letzten Mal liegen gelassen habe. Es ist ganz trocken. Es geht kein Wind. Ich beschließe, es zu verbrennen.

Ich höre, wie Tsubaki zu Yumiko sagt:

»Ich habe eine Überraschung für dich!«

Sie geht ins Haus und kommt mit Büchern wieder zurück. Sie sagt zu ihr:

»Meine Großmutter hat uns beiden dasselbe Buch gekauft.«

Yumiko ruft erfreut:

»*Oyayubi-hime*! Das wollte ich schon lange haben.«

Sofort kommt sie von der *Engawa* herunter und läuft auf mich zu:

»Danke!«, sagt sie und presst das Buch an die Brust.

Ich beuge mich zu ihr hinab und sehe ihr in die Augen, die vor Freude glänzen. Ich lächele:

»Gern geschehen. Ich freue mich, dass du wieder ganz gesund bist…«

Sie geht wieder zur *Engawa* zurück. Die beiden Mädchen betrachten zusammen die Bilder im Buch, wobei sie immer wieder sagen: »Oh, wie schön!« Dann lesen sie sich gegenseitig vor.

Ich höre ihnen zu und jäte weiter Unkraut. Vor meinen Augen erscheinen die Bilder der Tiere, denen Däumelinchen begegnet: die Kröten, die Fische, die Schmetterlinge, die Maus, der Maulwurf… Als ich das Bild der Schwalbe sehe, die mit Däumelinchen auf ihrem Rücken in warme Gefilde aufbricht, denke ich an den ausländischen Priester. Er sieht mich an. In den Armen hält er Yukio, seinen Enkel.

Als Yukio vier Jahre war, habe ich einige Monate lang in der Kirche gearbeitet. Ich nahm Yukio mit, der dort mit den kleinen Waisenkindern spielte. Das war die einzige Zeit, die der Priester mit Yukio verbracht hat. Er hat mir einen liebenswürdigen Mann namens Takahashi vorgestellt. Wir haben geheiratet. Als ich dem Priester sagte: »Yukio und ich werden zusammen mit meinem Mann nach Nagasaki ziehen«, sah er traurig aus. Immer wieder sagte er zu mir: »Vergiss nicht, dass du jederzeit hierher zurückkommen kannst.«

Ich hebe heruntergefallene Äste auf und lege sie auf das Unkraut. Unter alles stopfe ich Zeitungspapier und zünde ein Streichholz an. Zunächst fängt das Unkraut langsam zu brennen an, dann die Äste. Gedankenverloren schaue ich ins Feuer.

Ich denke an das Tagebuch meiner Mutter. Ich hole es aus dem Haus und gehe damit zum Feuer zurück. Ich streiche sanft über den vergilbten Einband und lege es auf die halb brennenden Äste. Die Ränder des Hefts fangen Feuer und kräuseln sich. Schwarze Papierstückchen fliegen auf und schweben durch die Luft. Ich höre meine Mutter sagen: »Nichts ist wertvoller als die Freiheit.« Über meine Wangen fließen Tränen. Ich sage zu mir selbst: ›Lebe wohl, Mama!‹ Im selben Augenblick ruft Tsubaki:

»Schau! *Tsu-ba-me*!«

Sie zeigt zum Dach. Dort erblicke ich eine Schwalbe am Rand des ausgetrockneten Nests. Yumiko sagt ganz aufgeregt:

»Sie ist da! Sie ist zurückgekehrt, um Däumelinchen abzuholen.«

Eine zweite Schwalbe erscheint. Tsubaki sagt:

»Aber nein! Es ist ein Paar, Papa und Mama.«

Beide beobachten sie die Vögel, die regungslos sitzen bleiben. Tsubaki sagt:

»Ich hoffe, das Pärchen kehrt im nächsten Jahr zu uns zurück.«

Die Schwalben fliegen davon. Die Kinder winken und rufen:

»Gute Reise!«

Die eine Schwalbe fliegt hinter der anderen her, als wären sie ein Paar. Ich blicke ihnen nach, bis sie nur noch zwei kleine schwarze Punkte am blauen Himmel sind.

Der erste Schnee fällt. Es ist Sonntag. Den Nachmittag verbringe ich allein zu Hause. Beim Aufräumen der Kommode in meinem Zimmer finde ich in einer Schublade einen Zettel, der zwei Mal zusammengefaltet ist. Es ist die Telefonnummer von Frau Kim. Seit meinem Besuch bei ihr sind nun schon drei Monate vergangen. In dem Moment, als ich ihn in den Mülleimer werfe, sehe ich Frau Tanaka vor mir. Ich versuche mir das Bild von Frau Kim in Erinnerung zu rufen. Ich hole den Zettel wieder heraus und wähle die Nummer.

»Hallo…«

Am anderen Ende der Leitung höre ich die Stimme einer Frau, aber nicht die von Frau Kim. Da ich mich nicht gleich melde, wiederholt die Frauenstimme:

»Hallo?«

Zögernd sage ich:

»Ich habe mich möglicherweise verwählt. Ich würde gern mit Frau Kim sprechen.«

Die Frau antwortet:

»Sie ist verstorben.«

›Wie bitte?‹ Ich habe mich wohl verhört! Die Frau sagt:

»Sie ist vor zwei Monaten an einem Herzinfarkt gestorben. Ich bin eine Nachbarin, sie können mir aber gern eine Nachricht hinterlassen. Ich werde sie an ihre Tochter weiterleiten, die morgen wieder herkommt.«

In meiner Verwirrung bleibe ich stumm. Die Frau fragt nach:

»Möchten Sie mir Ihren Namen und Ihre Telefonnummer nennen?«

Ich erwidere:

»Sie brauchen sie nicht aufzuschreiben. Ich kenne ihre Tochter nicht.«

Die Frau legt auf. Mir fällt ein, dass es die Stimme der Nachbarin von Frau Kim ist, die ihr die Maiskolben in einem Bambuskorb gebracht hat.

Ich setze mich auf den Stuhl in der Nähe des Fensters. Der Garten ist ganz leicht mit Schnee bedeckt. Ich blicke in den grauen Himmel. Ich denke an Frau Kim. Ihr Gesicht und dasjenige von Frau Tanaka überlagern sich immer noch. Die Frau, die von den Kindern *Obâchan* genannt wurde. Während sie *Hamaguri* grillt, sagt sie zu mir: »Mariko, du wirst den Mann treffen, der dich glücklich macht.«

Im Garten sehe ich den Priester, der *Daïkons* abwäscht. Er pumpt Wasser aus dem Brunnen in einen Holzeimer. Frau Tanaka kommt mit dem kleinen Jungen aus der Kirche. Er läuft und wirft einen Papierflieger in die Luft. Der Priester nimmt ihn auf den Arm. Ich lehne mich aus dem Fenster und rufe ihn: »Herr

Tsubame!« Er lächelt mir zu. Das Kind dreht den Kopf in meine Richtung. Es ist Yukio. Er winkt mit der Hand: »Mama! Mama!«

Glossar

Amado: Holzschiebetüren, die man aus Sicherheitsgründen oder zum Schutz gegen Regen schließt
Arirang oder *Ariran*: koreanisches Volkslied; Name eines Gebirgspasses
Chima-Chogori: typische Kleidung koreanischer Frauen; *Chima*: langer Rock; *Chogori*: kurze Jacke, die über der Chima getragen wird
Chôsenjin: Koreaner
Daïkon: japanischer weißer Rettich
Engawa: längliche Holzveranda, die sich vor dem Raum mit den Tatamis befindet
Genmaï: ungeschälter Reis
Hakama: langer Faltenrock, den die Frauen über dem Kimono tragen; der Begriff bezeichnet auch die weiten Hosen, die bei Feierlichkeiten oder bestimmten Kampfsportarten getragen werden
Hamaguri: japanische Venusmuschel
Hangûl: koreanisches Alphabet
Hanmun: chinesische Schriftzeichen
Hiragana: japanische Silbenschrift
Ijime: Schikanen
Jishin: Erdbeben

Kanji: chinesische Schriftzeichen
Kanto-Daïshinsaï: Name des Erdbebens in der Region Kanto im Jahr 1923. Ein Erdbeben der Stärke 7,9 auf der Richterskala, bei dem 140.000 Menschen starben oder verschollen sind. Die beiden Städte Tokio und Yokohama wurden zerstört. Die japanische Regierung versuchte das allgemeine Chaos und die Panik auszunutzen, um die Sozialisten und Koreaner zu unterdrücken, deren Heimatland seinerzeit eine japanische Kolonie war. Fünf- bis sechstausend Koreaner wurden von der Armee, der Polizei und »Bürgerwehren« umgebracht. *Daïshinsaï:* große Erdbebenkatastrophe
Katakana: japanische Silbenschrift
Kika: Einbürgerung
Kimchi: koreanisches Gericht; eingelegtes und gewürztes Gemüse, das als Beilage zum Reis dient
Kirisuto: Jesus
Koseki: eine Art Familienstammbuch, in dem der amtliche Wohnsitz aller Familienmitglieder festgehalten wird, die denselben Namen tragen
Nagaya: mehrere nebeneinander liegende Wohnungen unter ein und demselben Dach
Niezabudoka: japanische Aussprache des russischen Namens für Vergissmeinnicht
Niizuma: neue Frau
Nisei: zweite Generation der Einwanderer
Obâchan: Großmutter, alte Frau

Onêchan: ältere Schwester
Onigiri: zu Bällchen geformter Reis
Oyayubi-hime: japanischer Titel von H.C. Andersens Märchen »Däumelinchen«; *Oyayubi*: Daumen; *hime*: Prinzessin
Randoseru: Schultasche mit Trageriemen
Shôgi: japanisches Schachspiel
Tsubaki: Kamelie
Tsubame: Schwalbe
Wagatsuma: meine Frau
Wasurenagusa: Vergissmeinnicht
Zabuton: japanische Sitzkissen, die man auf die Tatamis legt
Zaïnichi: Ausländer, die in Japan leben

Wir danken dem Canada Council for the Arts und dem Canadian Department of Foreign Affairs and International Trade für die Förderung der Übersetzung.

Titel der Originalausgabe: *Tsubame*
Umschlaggestaltung: Michel Keller, München
Typografie + Satz: Frese, München
Druck + Bindung: Pustet, Regensburg
ISBN 3-88897-350-3
1 2 3 4 5 • 06 05 04

KUNSTMANN